GOSCINNY AND UDERZ
PRESENT
ANE ASTERIX ADVENTU...

ASTERIX
AND THE PECHTS

SCRIEVIT BY **JEAN-YVES FERRI**   ILLUSTRATIT BY **DIDIER CONRAD**

TRANSLATIT BY
MATTHEW FITT

DALEN ALBA

Weel done tae Jean-Yves Ferri and Didier Conrad for haein the courage and the talent tae mak this Asterix album. Thanks tae them, the Gaulish clachan we creatit wi ma freend René can cairry on through new splores, giein its readers muckle mair pleisure.

Albert Uderzo

The memory o René Goscinny is never faur awa when Asterix is brocht tae life. His memory wis cairried until noo by the undeemous talent o Albert Uderzo. The day, as Albert keepit a canny ee on this first album lowsed fae its creators, I wid hope ma faither wid be prood o the makars intae whase skeelie hauns we hae entrustit the kenspeckle Gaul. As prood and blythe as I am masel.

Anne Goscinny

Asterix and the Pechts
Originally published as *Astérix chez les Pictes*
© 2013 Les Éditions Albert René
© 2013 Les Éditions Albert René for this edition and Scots translation

Published by Dalen Alba, Dalen (Llyfrau) Cyf, Tresaith, Ceredigion SA43 2JH, Wales, with Itchy Coo, Black & White Publishing Ltd, of 29 Ocean Drive, Edinburgh EH6 6JL, Scotland

Itchy Coo is an imprint and trade mark of James Robertson and Matthew Fitt and used under license by Black & White Publishing Limited

First edition: October 2013
Itchy Coo ISBN 978-1-8450271-8-6
Dalen (Llyfrau) ISBN 978-1-906587-35-2
Translated by Matthew Fitt

Itchy Coo acknowledges support from Creative Scotland towards the publication of this book

Printed in Malta by Melita Press

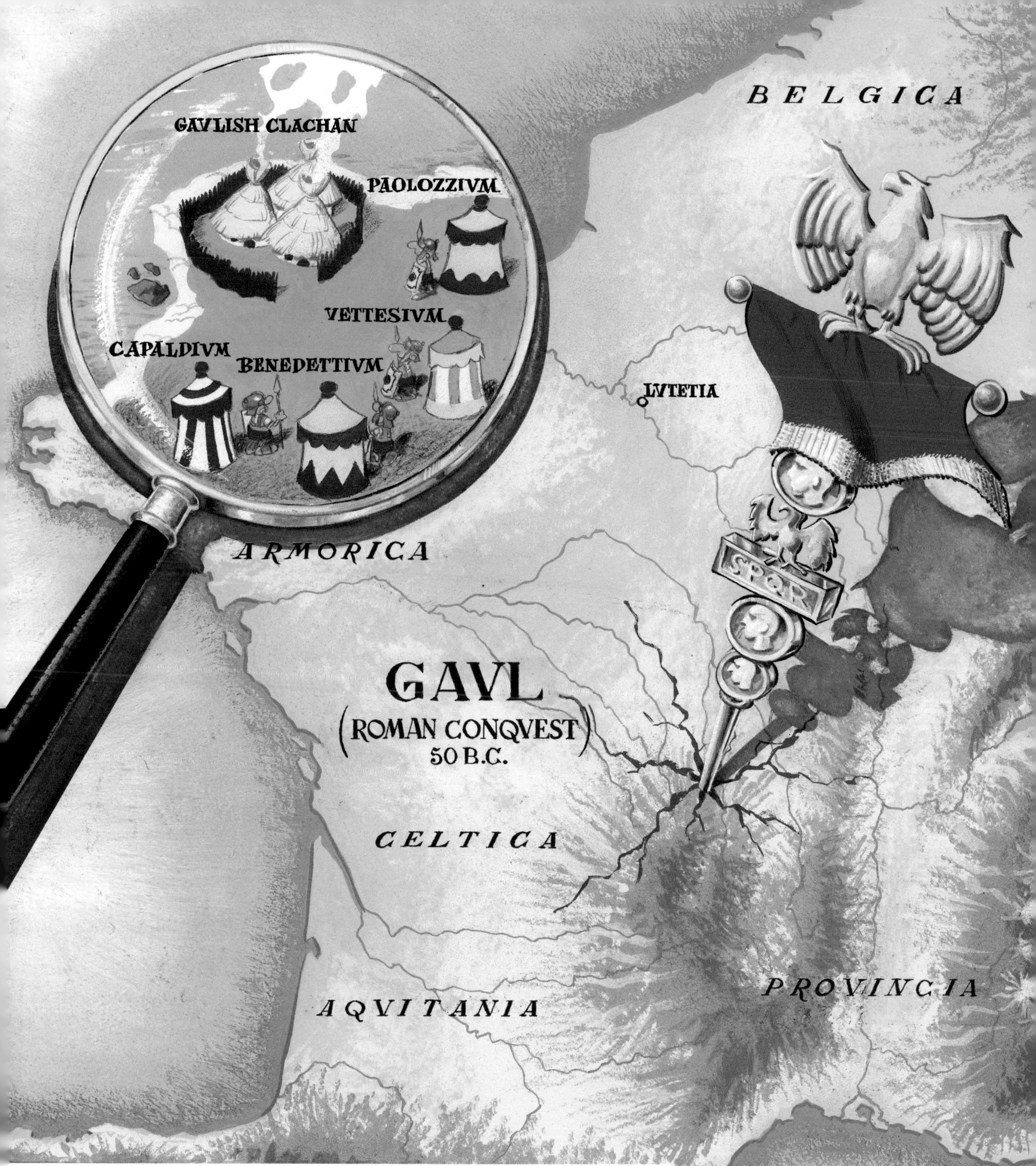
BELGICA
GAVLISH CLACHAN
PAOLOZZIVM
VETTESIVM
CAPALDIVM
BENEDETTIVM
LVTETIA
SPQR
ARMORICA
GAVL
(ROMAN CONQVEST)
50 B.C.
CELTICA
AQVITANIA
PROVINCIA

THE YEAR IS 50 B.C. THE HAILL O GAUL IS OCCUPIED BY THE ROMANS… THE HAILL O GAUL? NAE WEY! YIN WEE CLACHAN O UNDINGABLE GAULS AYE HAUDS OOT AGIN THE INVADERS. AND LIFE IS NAE PAIRTY FOR THE ROMAN LEGIONARIES THAT GAIRRISON THE FORTIFIED CAMPS AT BENEDETTIUM, CAPALDIUM, VETTESIUM AND PAOLOZZIUM…

ASTERIX, THE HERO O THIR ADVENTURES. A SHAIRP-WITTED GALLUS WEE FECHTER. THE MAIST DANGEROUS MISSIONS ARE AYE GIEN TAE HIM. ASTERIX GETS HIS SUPERHUMAN SMEDDUM FAE THE MAGIC POTION WROCHT BY THE WARLOCK KENSAWTHETRIX ...

OBELIX IS ASTERIX'S BEST FREEND. DELIVERIN MENHIRS IS HIS JOAB BUT HUNTIN WILD BOAR IS HIS HOABBY. OBELIX IS AYE READY TAE LEA IT AW AND GANG AFF ON A NEW ADVENTURE WI ASTERIX – AS LANG AS THERE'S HUNNERS O SCRAN AND FECHTIN. HIS DUG, GIEITBIGLIX, IS THE WARLD'S AINLY DUG ECOLOGIST AND GREETS WHENEVER A TREE IS CUT DOON.

KENSAWTHETRIX, THE KENSPECKLE CLACHAN WARLOCK, GAITHERS MISTLETAE AND REDDS UP MAGIC POTIONS. HIS SPECIALITY IS THE SWALLAE THAT GIES THE SWALLAE-ER SUPERHUMAN STRENGTH. BUT KENSAWTHETRIX KENS PLENTY MAIR TRICKS ...

MAGONAGLIX, THE BARD. OPEENION ANENT HIS MUSICAL SKEELS IS DIVIDIT: MAGONAGLIX THINKS O HIMSEL AS A GENIUS; AWBODY ELSE THINKS HE IS MINCE. BUT AS LANG AS HE DOESNAE OPEN HIS MOOTH TAE SING OR SPEAK, HE'S AWBODY'S FREEND ...

AND SYNE THERE'S HEIDBUMMERIX, CHIEF O THE TRIBE, MAJESTIC, BRAW AND CRABBIT. THE AULD FECHTER IS RESPECTED BY HIS MEN AND FEART BY HIS ENEMIES. HEIDBUMMERIX HIMSEL HAS AINLY YIN FEAR. HE IS FEART THAT THE LIFT MICHT FAW ON HIS HEID THE MORRA. BUT AS HE AYE SAYS, THE MORRA NEVER COMES.

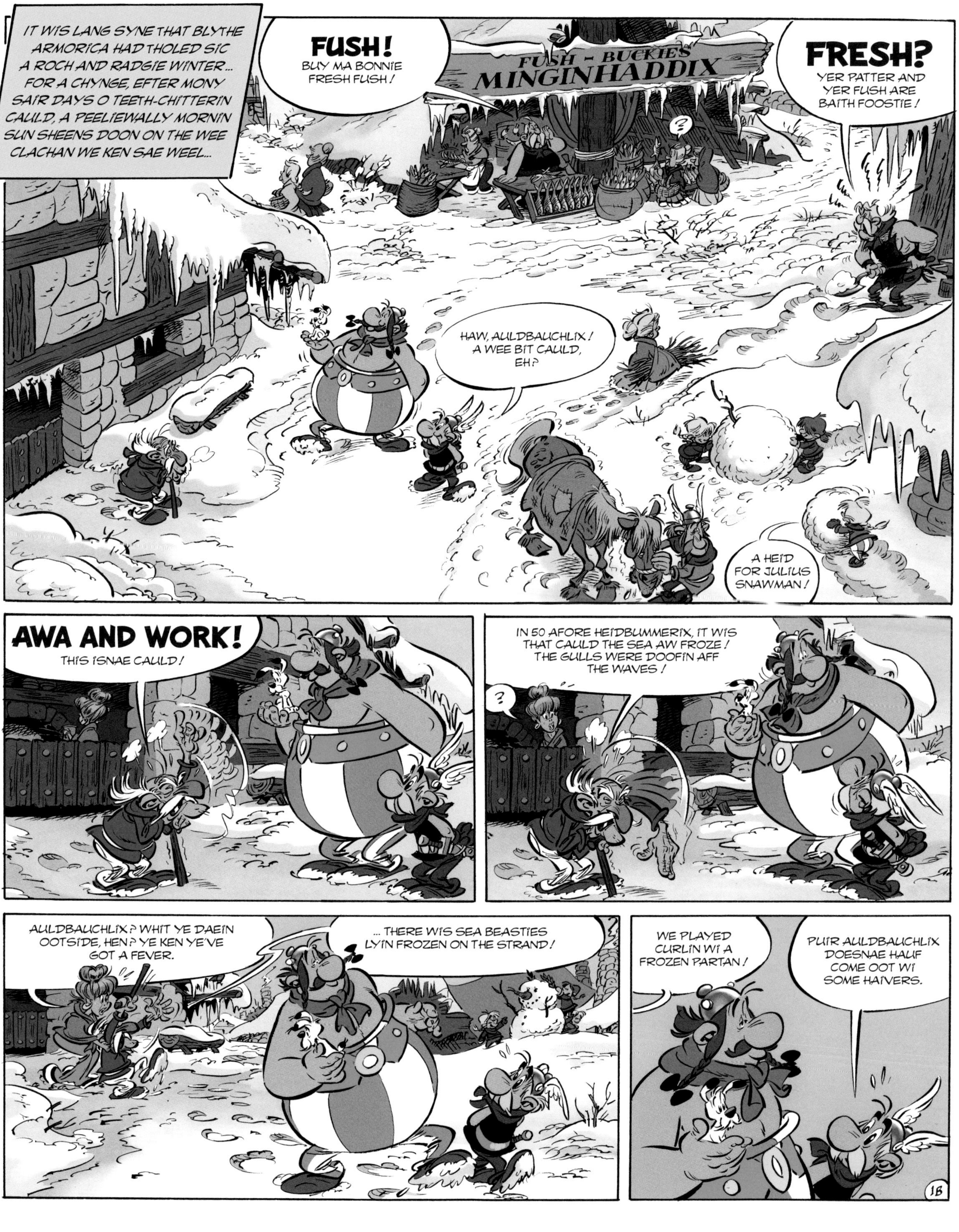
IT WIS LANG SYNE THAT BLYTHE ARMORICA HAD THOLED SIC A ROCH AND RADGIE WINTER... FOR A CHYNGE, EFTER MONY SAIR DAYS O TEETH-CHITTERIN CAULD, A PEELIEWALLY MORNIN SUN SHEENS DOON ON THE WEE CLACHAN WE KEN SAE WEEL...
FUSH! BUY MA BONNIE FRESH FUSH!
FUSH - BUCKIES MINGINHADDIX
?
FRESH? YER PATTER AND YER FUSH ARE BAITH FOOSTIE!
HAW, AULDBAUCHLIX! A WEE BIT CAULD, EH?
A HEID FOR JULIUS SNAWMAN!
AWA AND WORK! THIS ISNAE CAULD!
IN 50 AFORE HEIDBUMMERIX, IT WIS THAT CAULD THE SEA AW FROZE! THE GULLS WERE DOOFIN AFF THE WAVES!
?
AULDBAUCHLIX? WHIT YE DAEIN OOTSIDE, HEN? YE KEN YE'VE GOT A FEVER.
... THERE WIS SEA BEASTIES LYIN FROZEN ON THE STRAND!
WE PLAYED CURLIN WI A FROZEN PARTAN!
PUIR AULDBAUCHLIX DOESNAE HAUF COME OOT WI SOME HAIVERS.
1B

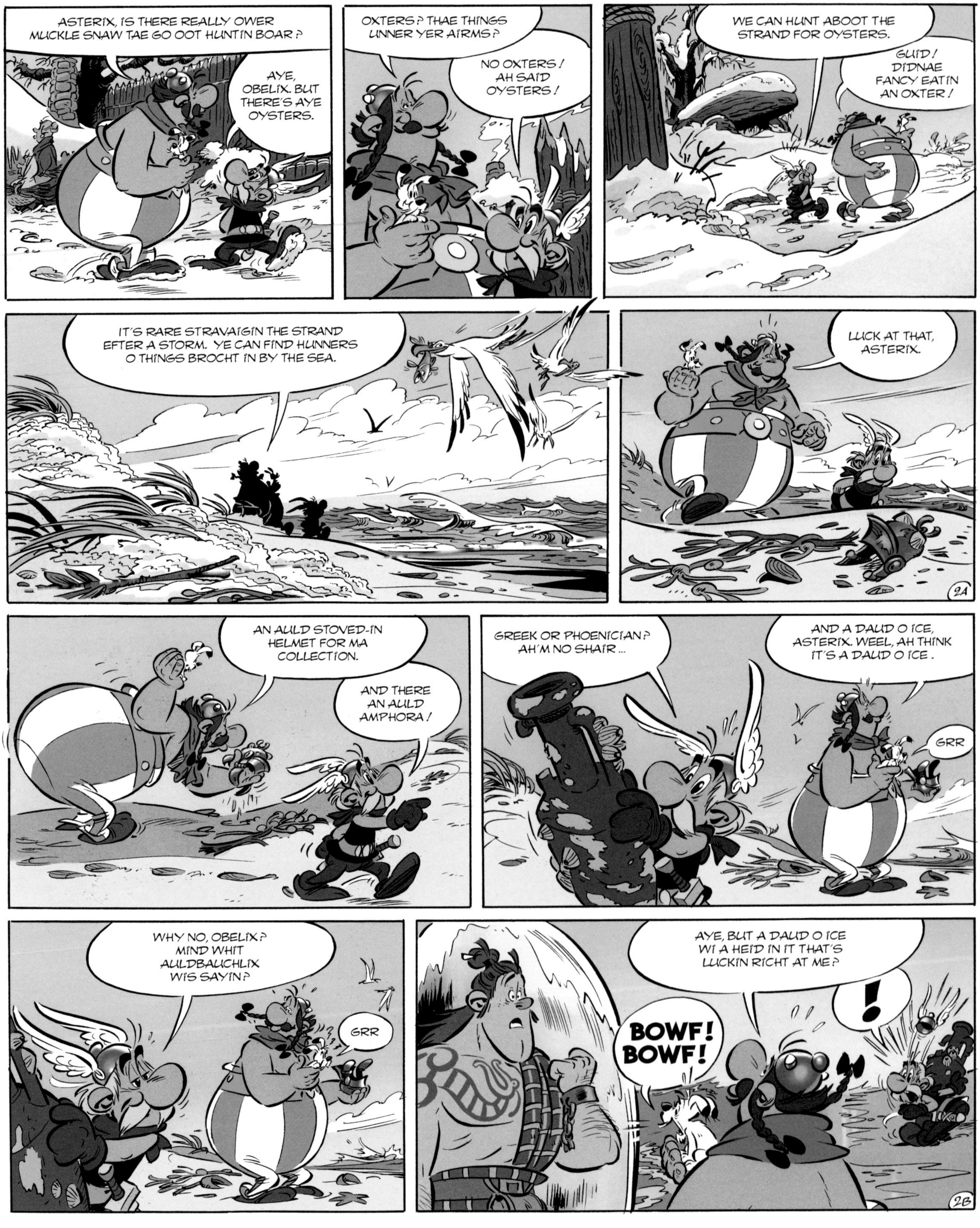
ASTERIX, IS THERE REALLY OWER MUCKLE SNAW TAE GO OOT HUNTIN BOAR ?
AYE, OBELIX. BUT THERE'S AYE OYSTERS.
OXTERS ? THAE THINGS UNNER YER AIRMS ?
NO OXTERS ! AH SAID OYSTERS !
WE CAN HUNT ABOOT THE STRAND FOR OYSTERS.
GUID ! DIDNAE FANCY EATIN AN OXTER !
IT'S RARE STRAVAIGIN THE STRAND EFTER A STORM. YE CAN FIND HUNNERS O THINGS BROCHT IN BY THE SEA.
LUCK AT THAT, ASTERIX.
2A
AN AULD STOVED-IN HELMET FOR MA COLLECTION.
AND THERE AN AULD AMPHORA !
GREEK OR PHOENICIAN ? AH'M NO SHAIR ...
AND A DAUD O ICE, ASTERIX. WEEL, AH THINK IT'S A DAUD O ICE .
GRR
WHY NO, OBELIX ? MIND WHIT AULDBAUCHLIX WIS SAYIN ?
GRR
AYE, BUT A DAUD O ICE WI A HEID IN IT THAT'S LUCKIN RICHT AT ME ?
BOWF ! BOWF !
!
2B

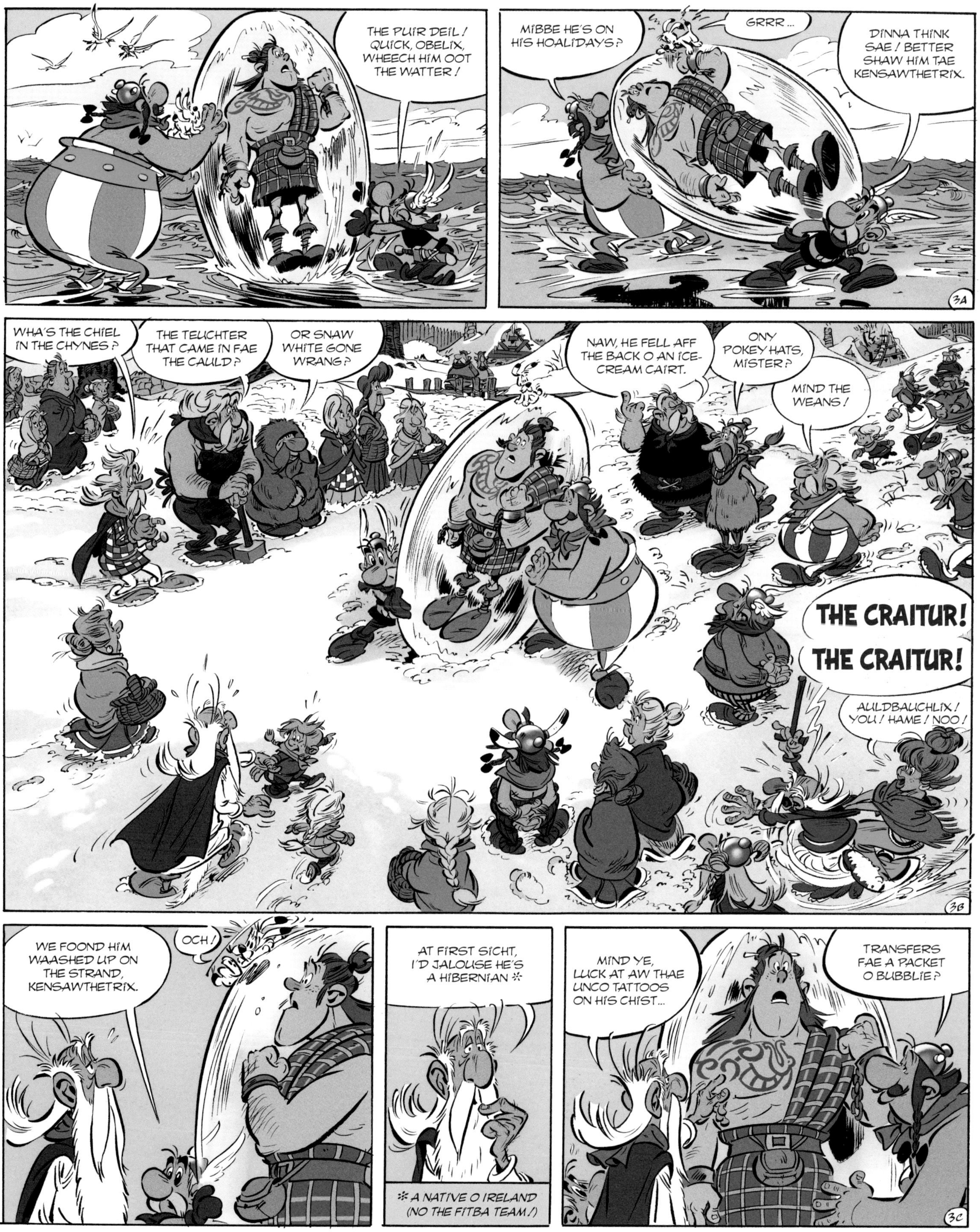
THE PUIR DEIL! QUICK, OBELIX, WHEECH HIM OOT THE WATTER!
MIBBE HE'S ON HIS HOALIDAYS?
GRRR...
DINNA THINK SAE! BETTER SHAW HIM TAE KENSAWTHETRIX.
3A
WHA'S THE CHIEL IN THE CHYNES?
THE TEUCHTER THAT CAME IN FAE THE CAULD?
OR SNAW WHITE GONE WRANG?
NAW, HE FELL AFF THE BACK O AN ICE-CREAM CAIRT.
ONY POKEY HATS, MISTER?
MIND THE WEANS!
THE CRAITUR! THE CRAITUR!
AULDBAUCHLIX! YOU! HAME! NOO!
3B
WE FOOND HIM WAASHED UP ON THE STRAND, KENSAWTHETRIX.
OCH!
AT FIRST SICHT, I'D JALOUSE HE'S A HIBERNIAN *
* A NATIVE O IRELAND (NO THE FITBA TEAM!)
MIND YE, LUCK AT AW THAE UNCO TATTOOS ON HIS CHIST...
TRANSFERS FAE A PACKET O BUBBLIE?
3C

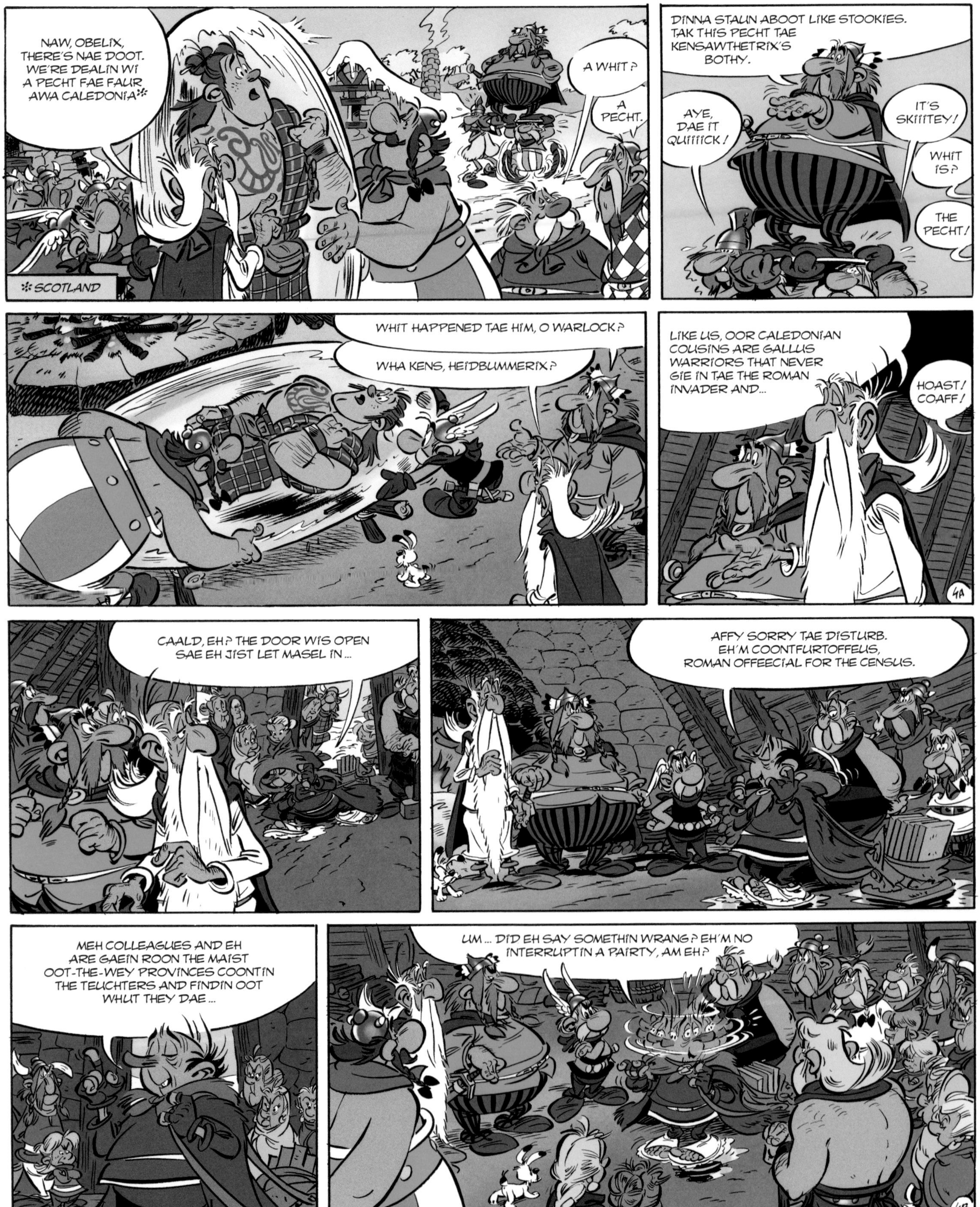
NAW, OBELIX, THERE'S NAE DOOT. WE'RE DEALIN WI A PECHT FAE FAUR AWA CALEDONIA*
*SCOTLAND
A WHIT?
A PECHT.
DINNA STAUN ABOOT LIKE STOOKIES. TAK THIS PECHT TAE KENSAWTHETRIX'S BOTHY.
AYE, DAE IT QUIIIICK!
IT'S SKIIITEY!
WHIT IS?
THE PECHT!
WHIT HAPPENED TAE HIM, O WARLOCK?
WHA KENS, HEIDBUMMERIX?
LIKE US, OOR CALEDONIAN COUSINS ARE GALLUS WARRIORS THAT NEVER GIE IN TAE THE ROMAN INVADER AND...
HOAST! COAFF!
4A
CAALD, EH? THE DOOR WIS OPEN SAE EH JIST LET MASEL IN...
AFFY SORRY TAE DISTURB. EH'M COONTFURTOFFEUS, ROMAN OFFEECIAL FOR THE CENSUS.
MEH COLLEAGUES AND EH ARE GAEIN ROON THE MAIST OOT-THE-WEY PROVINCES COONTIN THE TEUCHTERS AND FINDIN OOT WHUT THEY DAE...
UM... DID EH SAY SOMETHIN WRANG? EH'M NO INTERRUPTIN A PAIRTY, AM EH?
4B

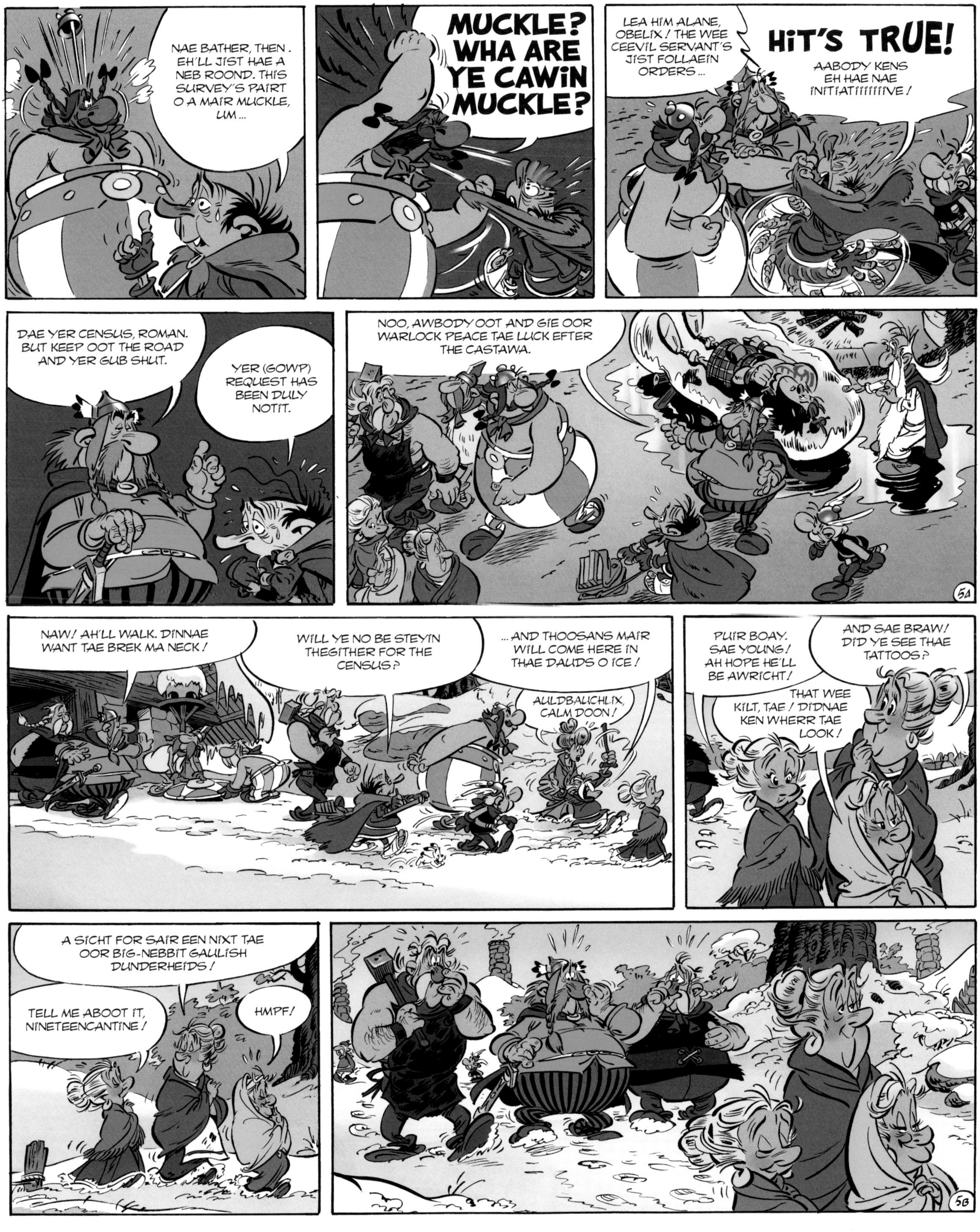
NAE BATHER, THEN. EH'LL JIST HAE A NEB ROOND. THIS SURVEY'S PAIRT O A MAIR MUCKLE, UM...
MUCKLE? WHA ARE YE CAWIN MUCKLE?
LEA HIM ALANE, OBELIX! THE WEE CEEVIL SERVANT'S JIST FOLLAEIN ORDERS...
HIT'S TRUE!
AABODY KENS EH HAE NAE INITIATIIIIIIIVE!
DAE YER CENSUS, ROMAN. BUT KEEP OOT THE ROAD AND YER GUB SHUT.
YER (GOWP) REQUEST HAS BEEN DULY NOTIT.
NOO, AWBODY OOT AND GIE OOR WARLOCK PEACE TAE LUCK EFTER THE CASTAWA.
5A
NAW! AH'LL WALK. DINNAE WANT TAE BREK MA NECK!
WILL YE NO BE STEYIN THEGITHER FOR THE CENSUS?
...AND THOOSANS MAIR WILL COME HERE IN THAE DAUDS O ICE!
AULDBAUCHLIX, CALM DOON!
PUIR BOAY. SAE YOUNG! AH HOPE HE'LL BE AWRICHT!
AND SAE BRAW! DID YE SEE THAE TATTOOS?
THAT WEE KILT, TAE! DIDNAE KEN WHERR TAE LOOK!
A SICHT FOR SAIR EEN NIXT TAE OOR BIG-NEBBIT GAULISH DUNDERHEIDS!
TELL ME ABOOT IT, NINETEENCANTINE!
HMPF!
5B

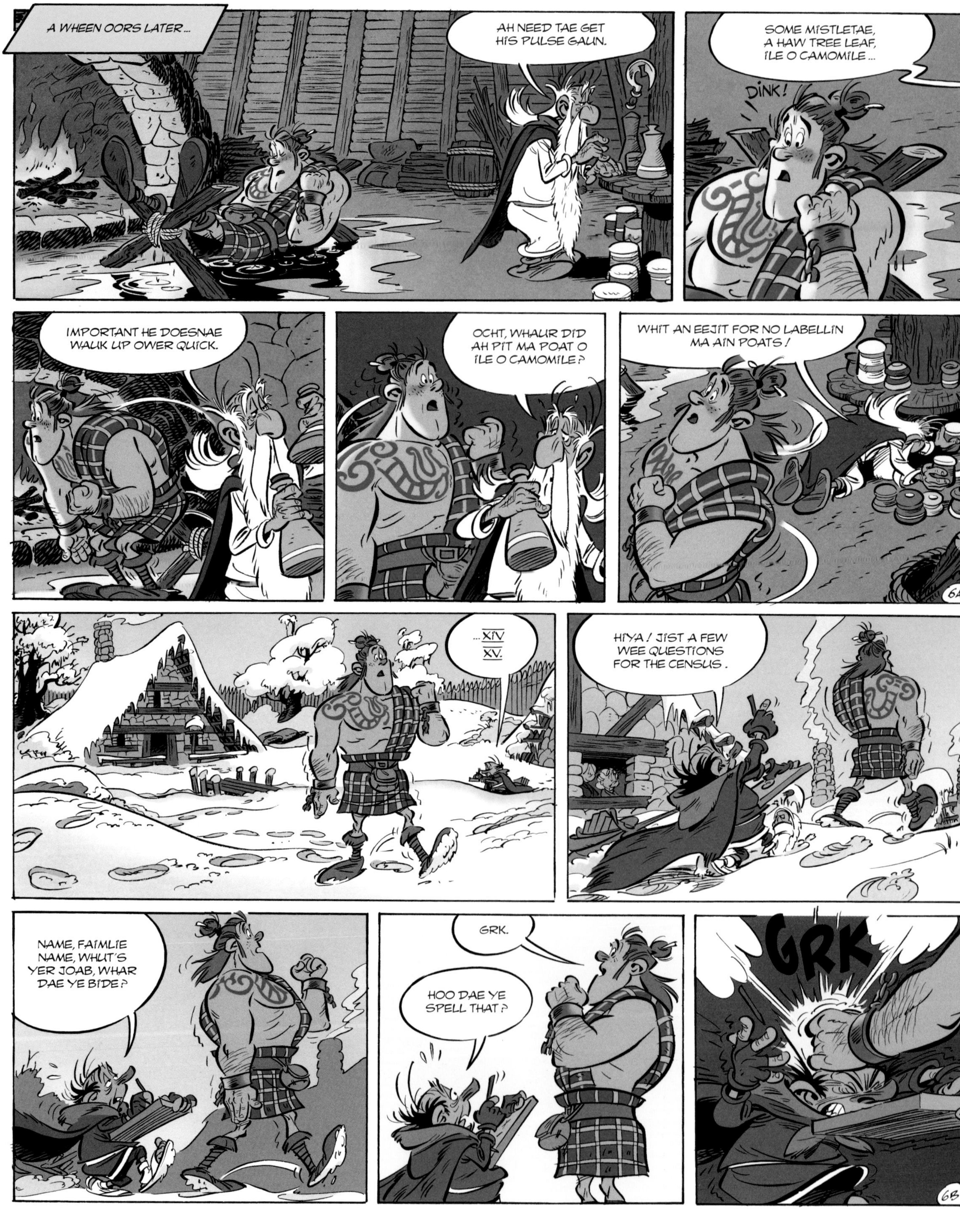
A WHEEN OORS LATER ...
AH NEED TAE GET HIS PULSE GAUN.
SOME MISTLETAE, A HAW TREE LEAF, ILE O CAMOMILE ...
DINK!
IMPORTANT HE DOESNAE WAUK UP OWER QUICK.
OCHT, WHAUR DID AH PIT MA POAT O ILE O CAMOMILE?
WHIT AN EEJIT FOR NO LABELLIN MA AIN POATS!
... XIV XV.
HIYA! JIST A FEW WEE QUESTIONS FOR THE CENSUS.
NAME, FAIMLIE NAME, WHUT'S YER JOAB, WHAR DAE YE BIDE?
GRK.
HOO DAE YE SPELL THAT?
GRK

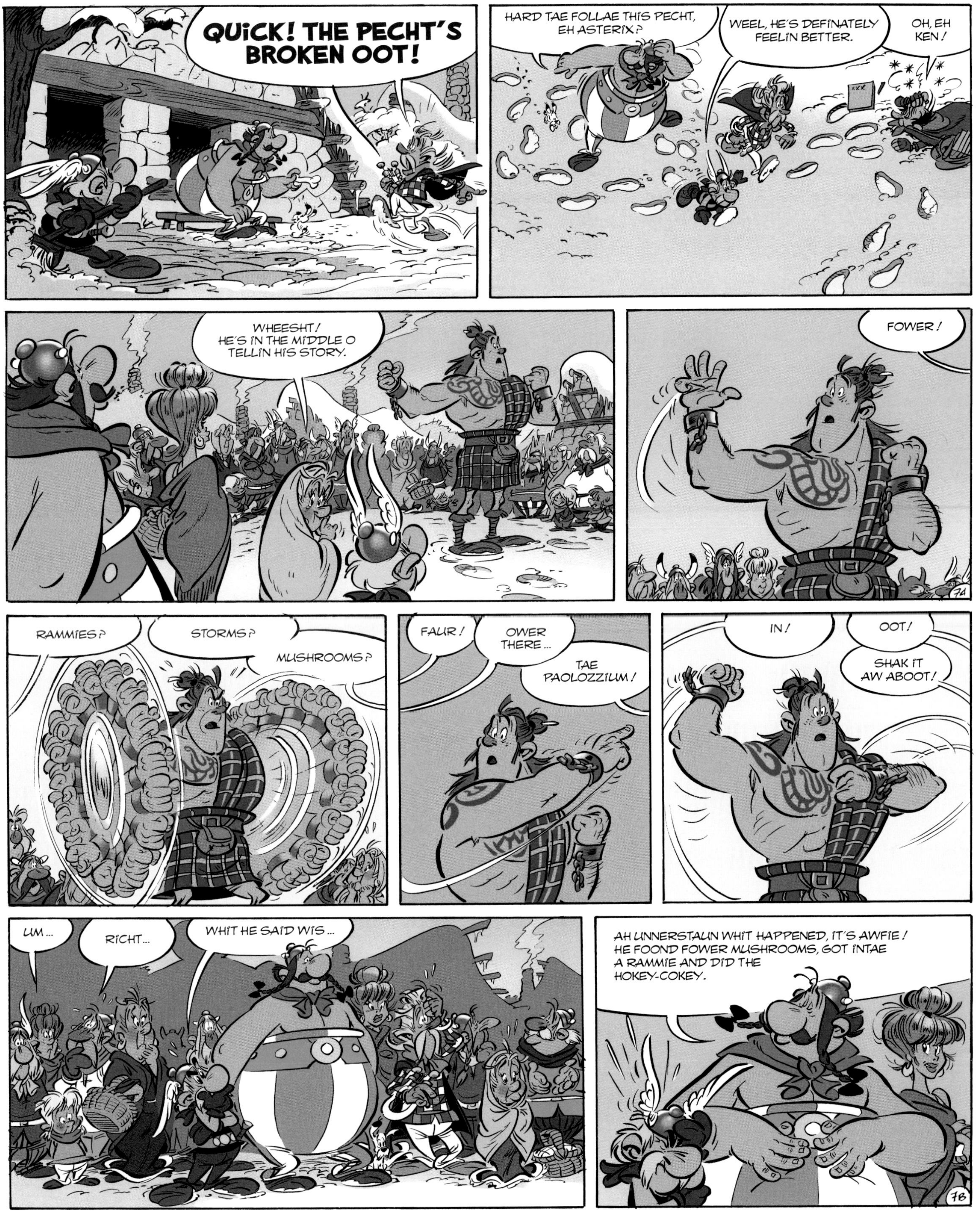
QUICK! THE PECHT'S BROKEN OOT!
HARD TAE FOLLAE THIS PECHT, EH ASTERIX?
WEEL, HE'S DEFINATELY FEELIN BETTER.
OH, EH KEN!
WHEESHT! HE'S IN THE MIDDLE O TELLIN HIS STORY.
FOWER!
RAMMIES?
STORMS?
MUSHROOMS?
FAUR!
OWER THERE...
TAE PAOLOZZIUM!
IN!
OOT!
SHAK IT AW ABOOT!
UM...
RICHT...
WHIT HE SAID WIS...
AH UNNERSTAUN WHIT HAPPENED, IT'S AWFIE! HE FOOND FOWER MUSHROOMS, GOT INTAE A RAMMIE AND DID THE HOKEY-COKEY.

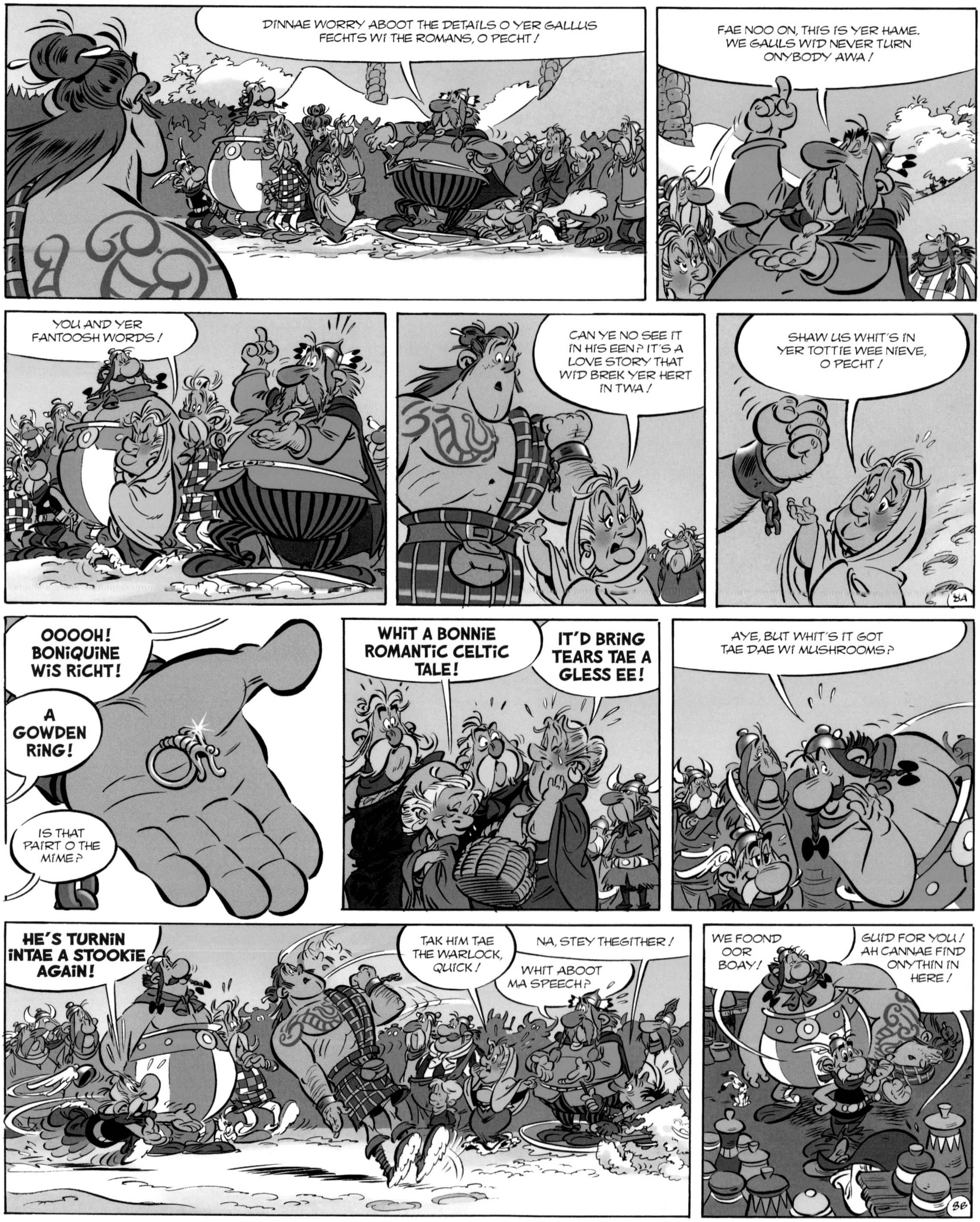
DINNAE WORRY ABOOT THE DETAILS O YER GALLUS FECHTS WI THE ROMANS, O PECHT !
FAE NOO ON, THIS IS YER HAME. WE GAULS WID NEVER TURN ONYBODY AWA !
YOU AND YER FANTOOSH WORDS !
CAN YE NO SEE IT IN HIS EEN? IT'S A LOVE STORY THAT WID BREK YER HERT IN TWA !
SHAW US WHIT'S IN YER TOTTIE WEE NIEVE, O PECHT !
OOOOH! BONIQUINE WIS RICHT!
A GOWDEN RING!
IS THAT PAIRT O THE MIME?
WHIT A BONNIE ROMANTIC CELTIC TALE!
IT'D BRING TEARS TAE A GLESS EE!
AYE, BUT WHIT'S IT GOT TAE DAE WI MUSHROOMS?
HE'S TURNIN INTAE A STOOKIE AGAIN!
TAK HIM TAE THE WARLOCK, QUICK !
NA, STEY THEGITHER !
WHIT ABOOT MA SPEECH?
WE FOOND OOR BOAY !
GUID FOR YOU ! AH CANNAE FIND ONYTHIN IN HERE !

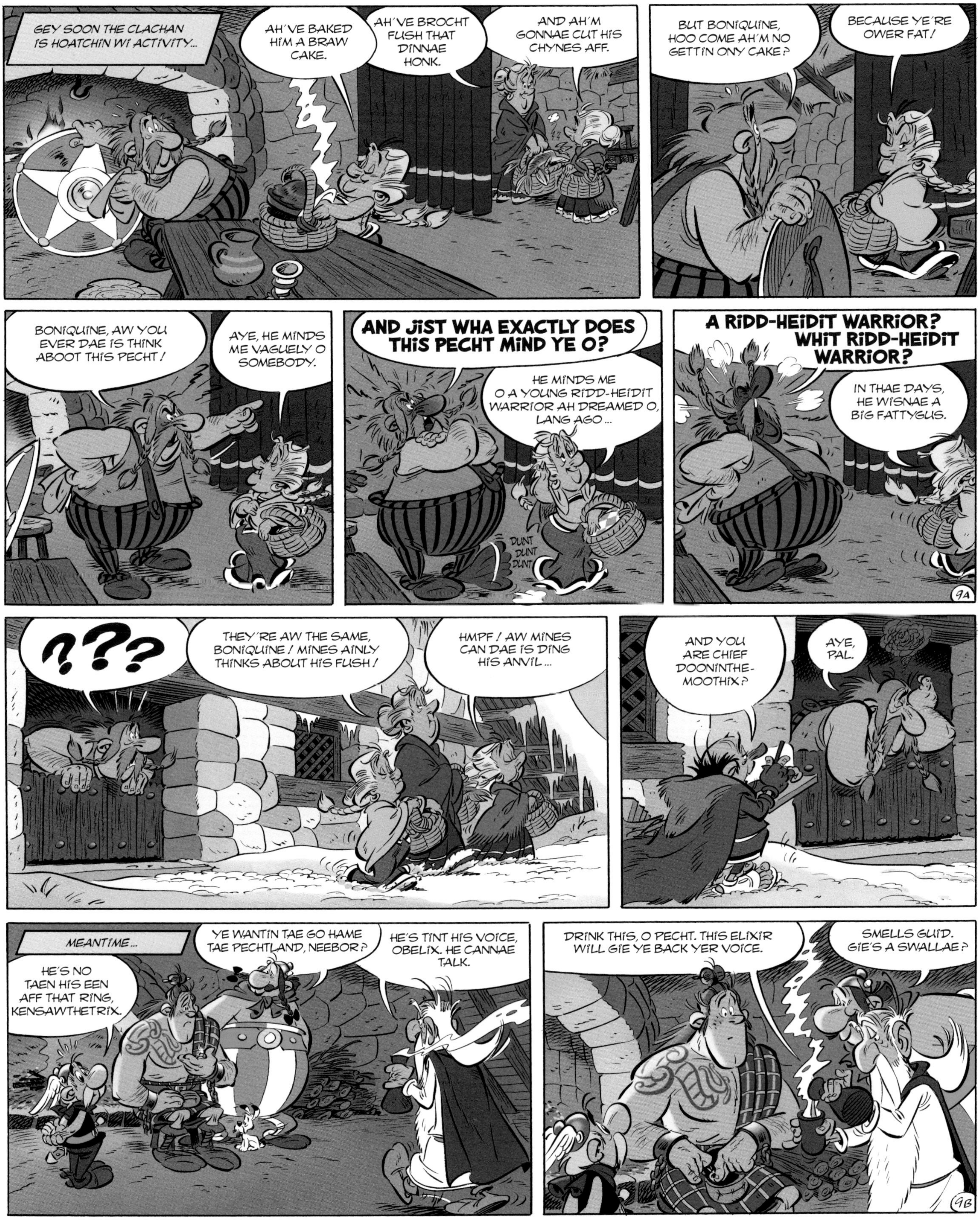
GEY SOON THE CLACHAN IS HOATCHIN WI ACTIVITY...
AH'VE BAKED HIM A BRAW CAKE.
AH'VE BROCHT FUSH THAT DINNAE HONK.
AND AH'M GONNAE CUT HIS CHYNES AFF.
BUT BONIQUINE, HOO COME AH'M NO GETTIN ONY CAKE?
BECAUSE YE'RE OWER FAT!
BONIQUINE, AW YOU EVER DAE IS THINK ABOOT THIS PECHT!
AYE, HE MINDS ME VAGUELY O SOMEBODY.
AND JIST WHA EXACTLY DOES THIS PECHT MIND YE O?
HE MINDS ME O A YOUNG RIDD-HEIDIT WARRIOR AH DREAMED O, LANG AGO...
DUNT DUNT DUNT
A RIDD-HEIDIT WARRIOR? WHIT RIDD-HEIDIT WARRIOR?
IN THAE DAYS, HE WISNAE A BIG FATTYGUS.
9A
???
THEY'RE AW THE SAME, BONIQUINE! MINES AINLY THINKS ABOUT HIS FUSH!
HMPF! AW MINES CAN DAE IS DING HIS ANVIL...
AND YOU ARE CHIEF DOONINTHE-MOOTHIX?
AYE, PAL.
MEANTIME...
HE'S NO TAEN HIS EEN AFF THAT RING, KENSAWTHETRIX.
YE WANTIN TAE GO HAME TAE PECHTLAND, NEEBOR?
HE'S TINT HIS VOICE, OBELIX. HE CANNAE TALK.
DRINK THIS, O PECHT. THIS ELIXIR WILL GIE YE BACK YER VOICE.
SMELLS GUID. GIE'S A SWALLAE?
9B

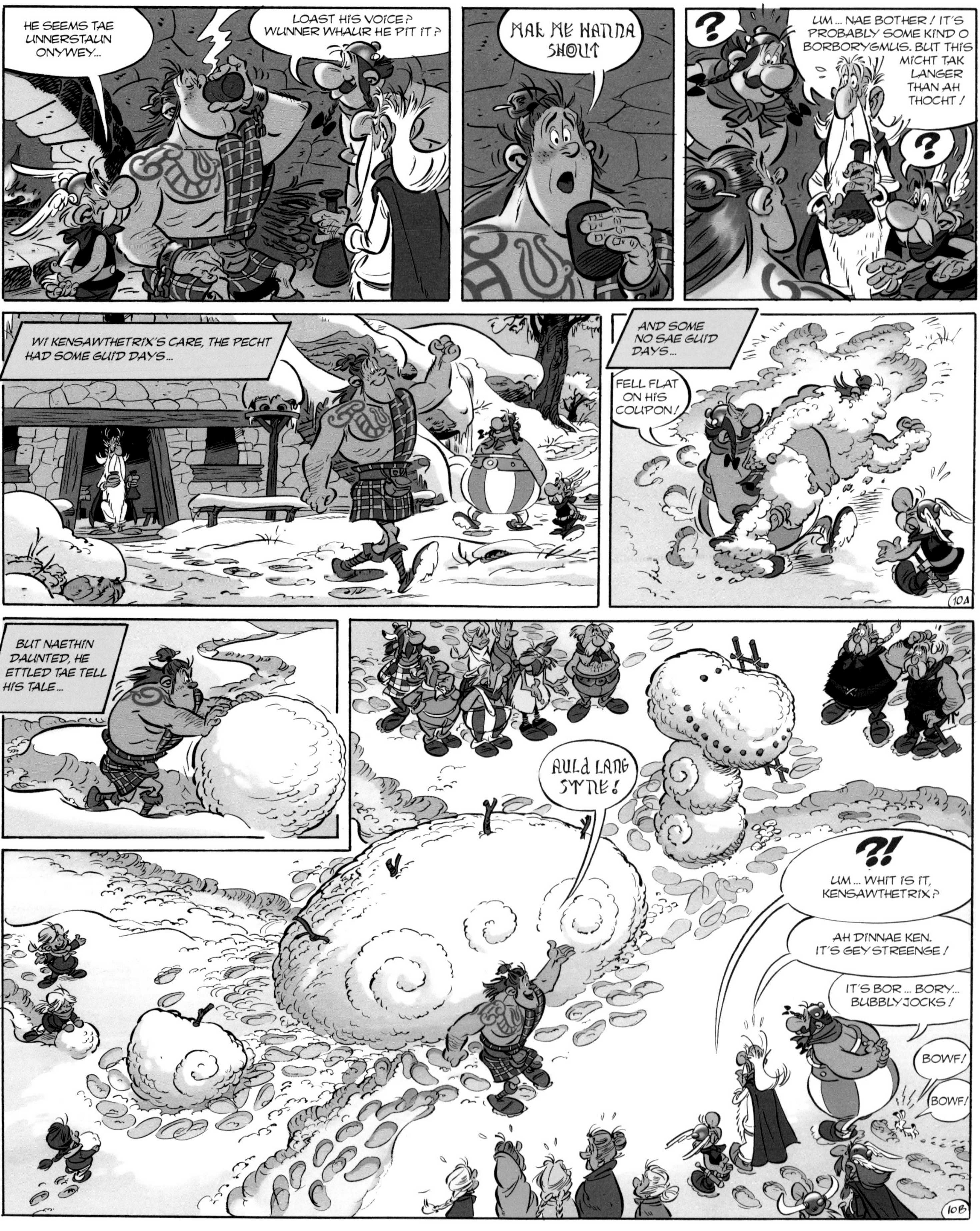

HE SEEMS TAE UNNERSTAUN ONYWEY...
LOAST HIS VOICE? WUNNER WHAUR HE PIT IT?
MAK ME WANNA SHOUT
?
UM... NAE BOTHER! IT'S PROBABLY SOME KIND O BORBORYGMUS. BUT THIS MICHT TAK LANGER THAN AH THOCHT!
?
WI KENSAWTHETRIX'S CARE, THE PECHT HAD SOME GUID DAYS...
AND SOME NO SAE GUID DAYS...
FELL FLAT ON HIS COUPON!
10A
BUT NAETHIN DAUNTED, HE ETTLED TAE TELL HIS TALE...
AULD LANG SYNE!
?!
UM... WHIT IS IT, KENSAWTHETRIX?
AH DINNAE KEN. IT'S GEY STREENGE!
IT'S BOR... BORY... BUBBLYJOCKS!
BOWF!
BOWF!
10B

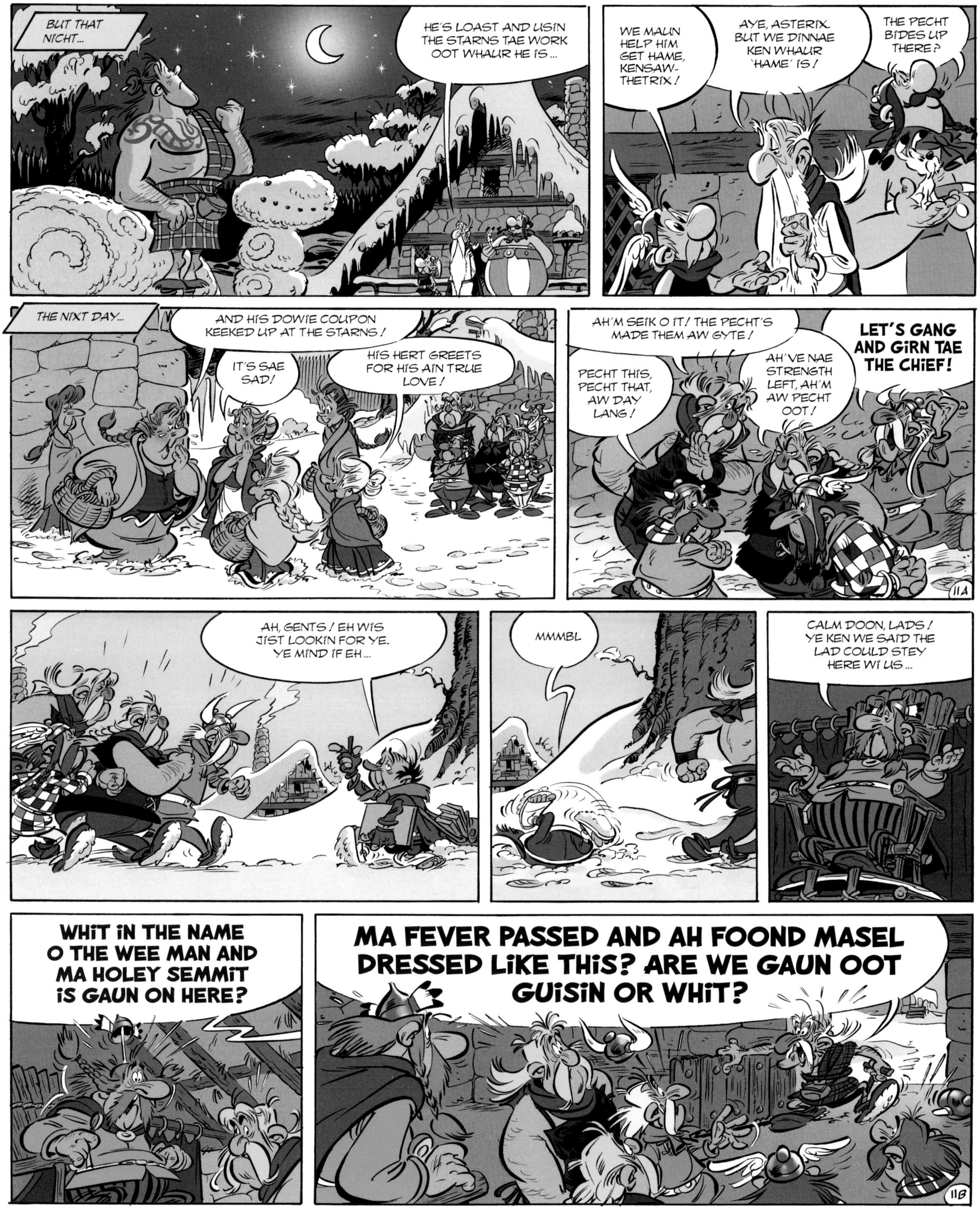
BUT THAT NICHT...
HE'S LOAST AND USIN THE STARNS TAE WORK OOT WHAUR HE IS ...
WE MAUN HELP HIM GET HAME, KENSAW-THETRIX!
AYE, ASTERIX. BUT WE DINNAE KEN WHAUR 'HAME' IS!
THE PECHT BIDES UP THERE?
THE NIXT DAY...
AND HIS DOWIE COUPON KEEKED UP AT THE STARNS!
IT'S SAE SAD!
HIS HERT GREETS FOR HIS AIN TRUE LOVE!
AH'M SEIK O IT! THE PECHT'S MADE THEM AW GYTE!
PECHT THIS, PECHT THAT, AW DAY LANG!
AH'VE NAE STRENGTH LEFT, AH'M AW PECHT OOT!
LET'S GANG AND GIRN TAE THE CHIEF!
11A
AH, GENTS! EH WIS JIST LOOKIN FOR YE. YE MIND IF EH ...
MMMBL
CALM DOON, LADS! YE KEN WE SAID THE LAD COULD STEY HERE WI US ...
WHIT IN THE NAME O THE WEE MAN AND MA HOLEY SEMMIT IS GAUN ON HERE?
MA FEVER PASSED AND AH FOOND MASEL DRESSED LIKE THIS? ARE WE GAUN OOT GUISIN OR WHIT?
11B

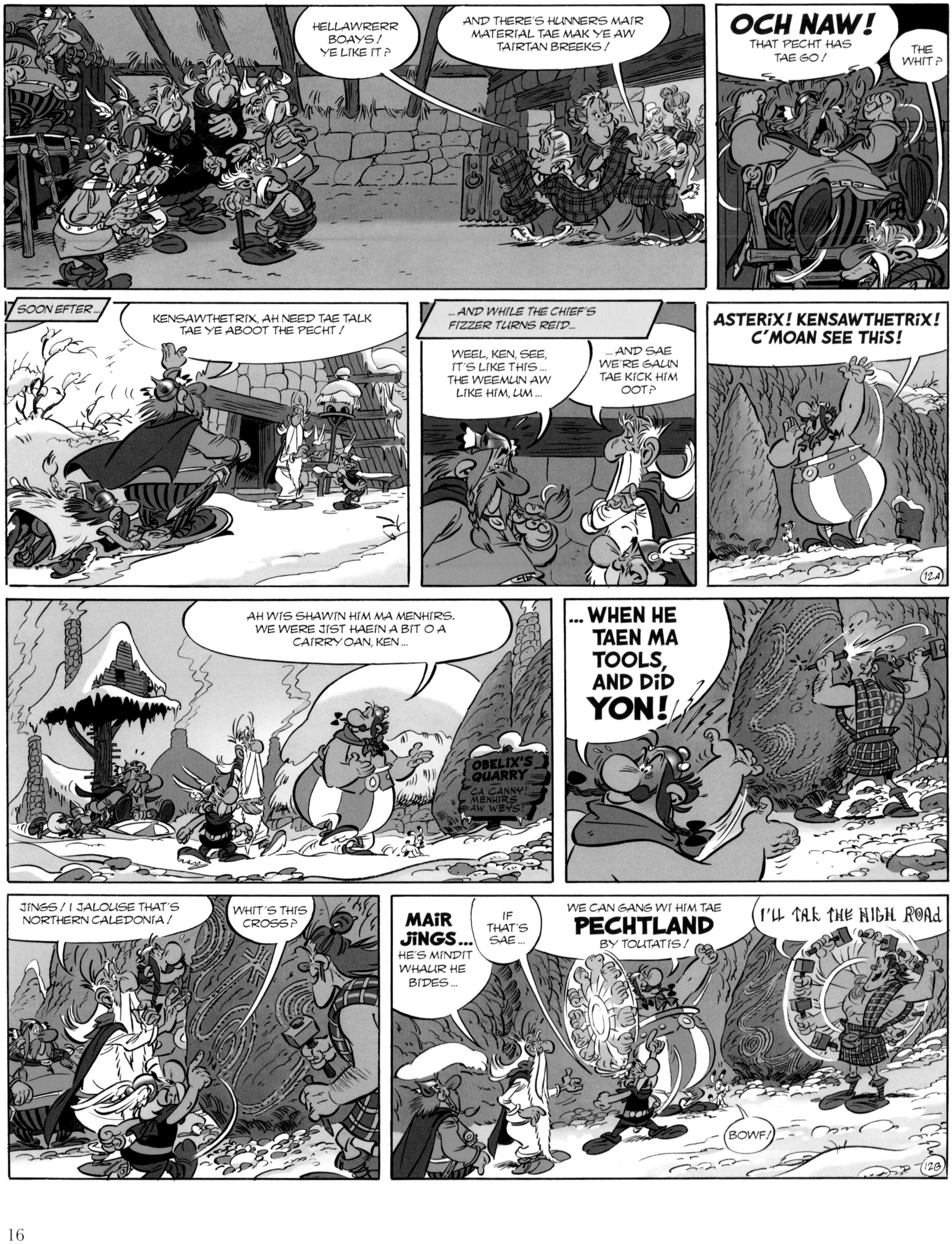
HELLAWRERR BOAYS! YE LIKE IT?
AND THERE'S HUNNERS MAIR MATERIAL TAE MAK YE AW TAIRTAN BREEKS!
OCH NAW! THAT PECHT HAS TAE GO!
THE WHIT?
SOON EFTER...
KENSAWTHETRIX, AH NEED TAE TALK TAE YE ABOOT THE PECHT!
...AND WHILE THE CHIEF'S FIZZER TURNS REID...
WEEL, KEN, SEE, IT'S LIKE THIS... THE WEEMUN AW LIKE HIM, UM...
...AND SAE WE'RE GAUN TAE KICK HIM OOT?
ASTERIX! KENSAWTHETRIX! C'MOAN SEE THIS!
AH WIS SHAWIN HIM MA MENHIRS. WE WERE JIST HAEIN A BIT O A CAIRRY OAN, KEN...
OBELIX'S QUARRY
CA CANNY! MENHIRS AW WEYS!
...WHEN HE TAEN MA TOOLS, AND DID YON!
JINGS! I JALOUSE THAT'S NORTHERN CALEDONIA!
WHIT'S THIS CROSS?
MAIR JINGS... HE'S MINDIT WHAUR HE BIDES...
IF THAT'S SAE...
WE CAN GANG WI HIM TAE PECHTLAND BY TOUTATIS!
I'LL TAK THE HIGH ROAD
BOWF!

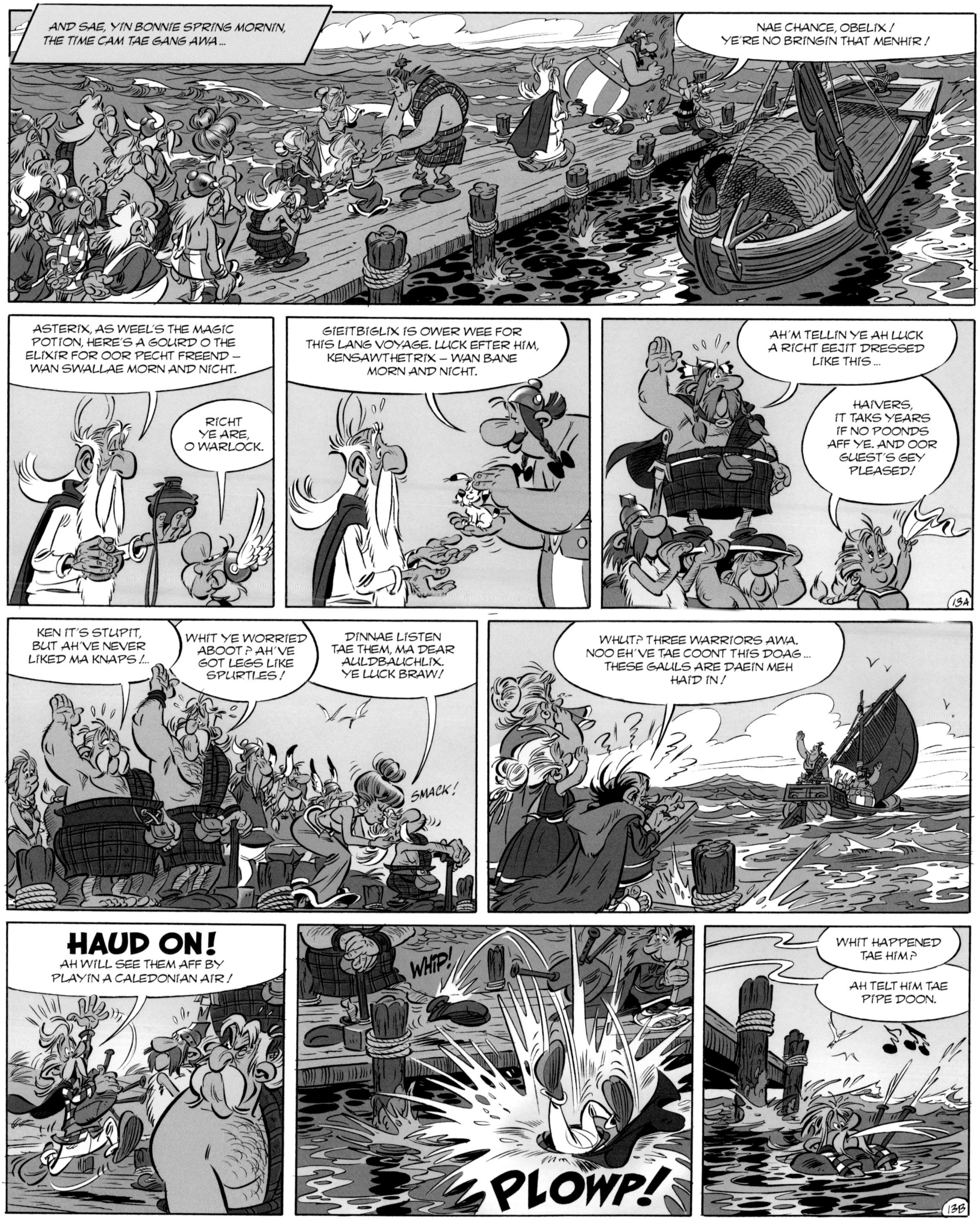
AND SAE, YIN BONNIE SPRING MORNIN, THE TIME CAM TAE GANG AWA ...
NAE CHANCE, OBELIX ! YE'RE NO BRINGIN THAT MENHIR !
ASTERIX, AS WEEL'S THE MAGIC POTION, HERE'S A GOURD O THE ELIXIR FOR OOR PECHT FREEND – WAN SWALLAE MORN AND NICHT.
RICHT YE ARE, O WARLOCK.
GIEITBIGLIX IS OWER WEE FOR THIS LANG VOYAGE. LUCK EFTER HIM, KENSAWTHETRIX – WAN BANE MORN AND NICHT.
AH'M TELLIN YE AH LUCK A RICHT EEJIT DRESSED LIKE THIS ...
HAIVERS, IT TAKS YEARS IF NO POONDS AFF YE. AND OOR GUEST'S GEY PLEASED!
13A
KEN IT'S STUPIT, BUT AH'VE NEVER LIKED MA KNAPS !...
WHIT YE WORRIED ABOOT ? AH'VE GOT LEGS LIKE SPURTLES !
DINNAE LISTEN TAE THEM, MA DEAR AULDBAUCHLIX. YE LUCK BRAW !
SMACK !
WHUT? THREE WARRIORS AWA. NOO EH'VE TAE COONT THIS DOAG ... THESE GAULS ARE DAEIN MEH HAID IN !
HAUD ON !
AH WILL SEE THEM AFF BY PLAYIN A CALEDONIAN AIR !
WHIP !
PLOWP !
WHIT HAPPENED TAE HIM ?
AH TELT HIM TAE PIPE DOON.
13B

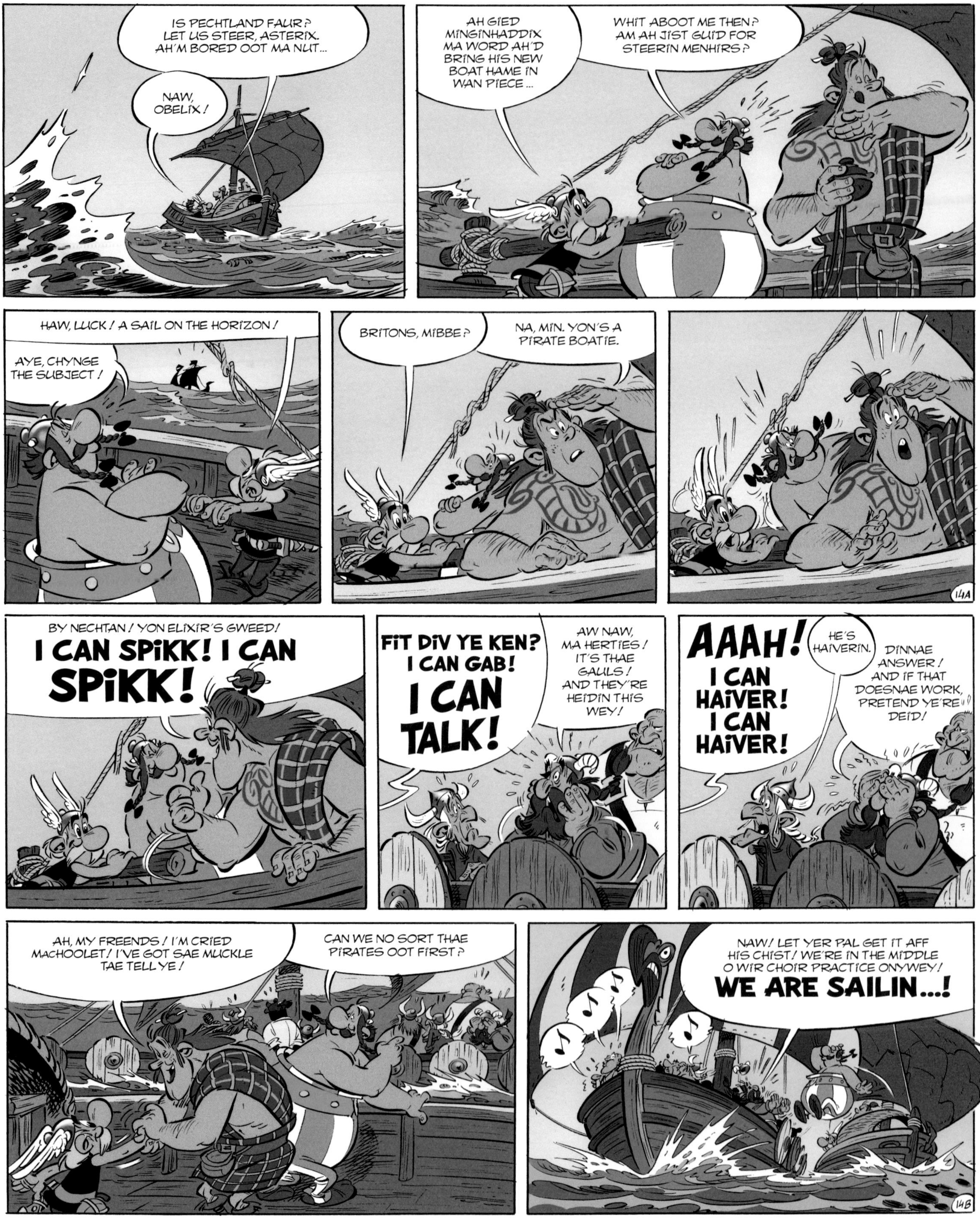
IS PECHTLAND FAUR? LET US STEER, ASTERIX. AH'M BORED OOT MA NUT...
NAW, OBELIX!
AH GIED MINGINHADDIX MA WORD AH'D BRING HIS NEW BOAT HAME IN WAN PIECE...
WHIT ABOOT ME THEN? AM AH JIST GUID FOR STEERIN MENHIRS?
HAW, LUCK! A SAIL ON THE HORIZON!
AYE, CHYNGE THE SUBJECT!
BRITONS, MIBBE?
NA, MIN. YON'S A PIRATE BOATIE.
14A
BY NECHTAN! YON ELIXIR'S GWEED!
I CAN SPIKK! I CAN SPIKK!
FIT DIV YE KEN? I CAN GAB! I CAN TALK!
AW NAW, MA HERTIES! IT'S THAE GAULS! AND THEY'RE HEIDIN THIS WEY!
AAAH! I CAN HAIVER! I CAN HAIVER!
HE'S HAIVERIN.
DINNAE ANSWER! AND IF THAT DOESNAE WORK, PRETEND YE'RE DEID!
AH, MY FREENDS! I'M CRIED MACHOOLET! I'VE GOT SAE MUCKLE TAE TELL YE!
CAN WE NO SORT THAE PIRATES OOT FIRST?
NAW! LET YER PAL GET IT AFF HIS CHIST! WE'RE IN THE MIDDLE O WIR CHOIR PRACTICE ONYWEY!
WE ARE SAILIN...!
14B

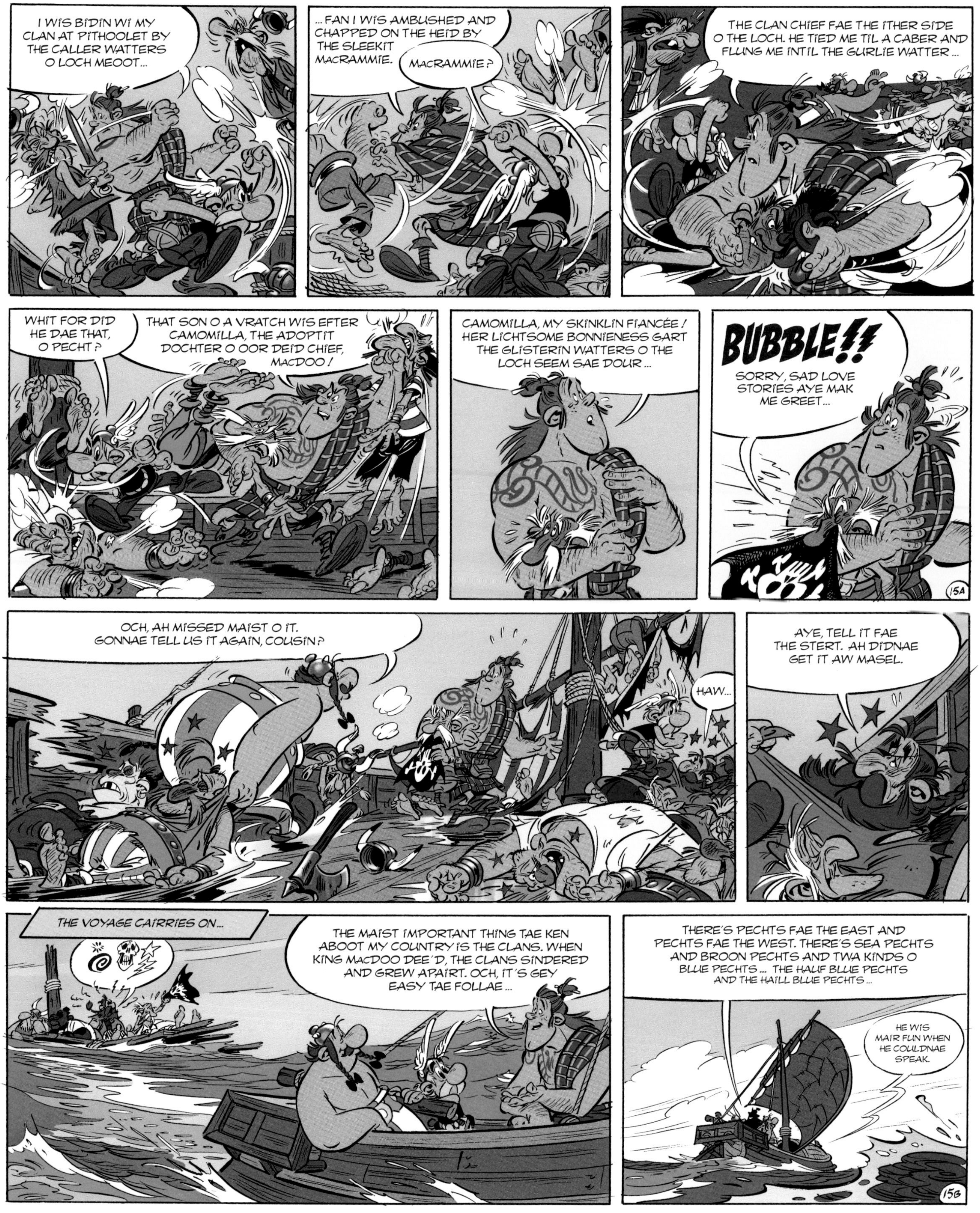
I WIS BIDIN WI MY CLAN AT PITHOOLET BY THE CALLER WATTERS O LOCH MEOOT...
... FAN I WIS AMBUSHED AND CHAPPED ON THE HEID BY THE SLEEKIT MACRAMMIE.
MACRAMMIE ?
THE CLAN CHIEF FAE THE ITHER SIDE O THE LOCH. HE TIED ME TIL A CABER AND FLUNG ME INTIL THE GURLIE WATTER ...
WHIT FOR DID HE DAE THAT, O PECHT ?
THAT SON O A VRATCH WIS EFTER CAMOMILLA, THE ADOPTIT DOCHTER O OOR DEID CHIEF, MACDOO !
CAMOMILLA, MY SKINKLIN FIANCÉE ! HER LICHTSOME BONNIENESS GART THE GLISTERIN WATTERS O THE LOCH SEEM SAE DOUR ...
BUBBLE !!
SORRY, SAD LOVE STORIES AYE MAK ME GREET...
15A
OCH, AH MISSED MAIST O IT. GONNAE TELL US IT AGAIN, COUSIN ?
HAW...
AYE, TELL IT FAE THE STERT. AH DIDNAE GET IT AW MASEL.
THE VOYAGE CAIRRIES ON...
THE MAIST IMPORTANT THING TAE KEN ABOOT MY COUNTRY IS THE CLANS. WHEN KING MACDOO DEE'D, THE CLANS SINDERED AND GREW APAIRT. OCH, IT'S GEY EASY TAE FOLLAE ...
THERE'S PECHTS FAE THE EAST AND PECHTS FAE THE WEST. THERE'S SEA PECHTS AND BROON PECHTS AND TWA KINDS O BLUE PECHTS ... THE HAUF BLUE PECHTS AND THE HAILL BLUE PECHTS ...
HE WIS MAIR FUN WHEN HE COULDNAE SPEAK.
15B

AT THE SAME TIME, FURTHER NORTH, ON A REMOTE SPOT ALANG THE COAST...

SAE THIS IS THE KENSPECKLE LAND O THE PECHTS, ZAPYIRPLOOKSUS...

EH, BUT CA CANNY, INGANANEANALIS! IT'S EHWIS THE SAME WI THESE SAVAGES...

YE'RE NO WRANG. OOR SPEHS TELL US WE'LL HAE TAE WATCH OOR STEP IN THIS LAND O BOBBINQUAWS...

WE'LL SPIER THAT SHEPHERD THE RICHT ROAD.

FIT? THE MACRAMMIE CLAN? AYE, THE WEY TAE PITRAMMIE'S MERKED OOT IN REID. ILKA CLAN'S GOT ITS AIN COLOUR.

16A

CLIVVER! AND WHUT ARE THESE, PECHT?

PICTOGRAMS.

WHUT DOES THAT ANE MEAN?

ROAD MICHT BE WEET.

HOW WEET?

AFFA WEET!

?

RICHT! GIT ME OOT O THIS CUNDIE AND LET'S GO, BEH JUPITER!

16B

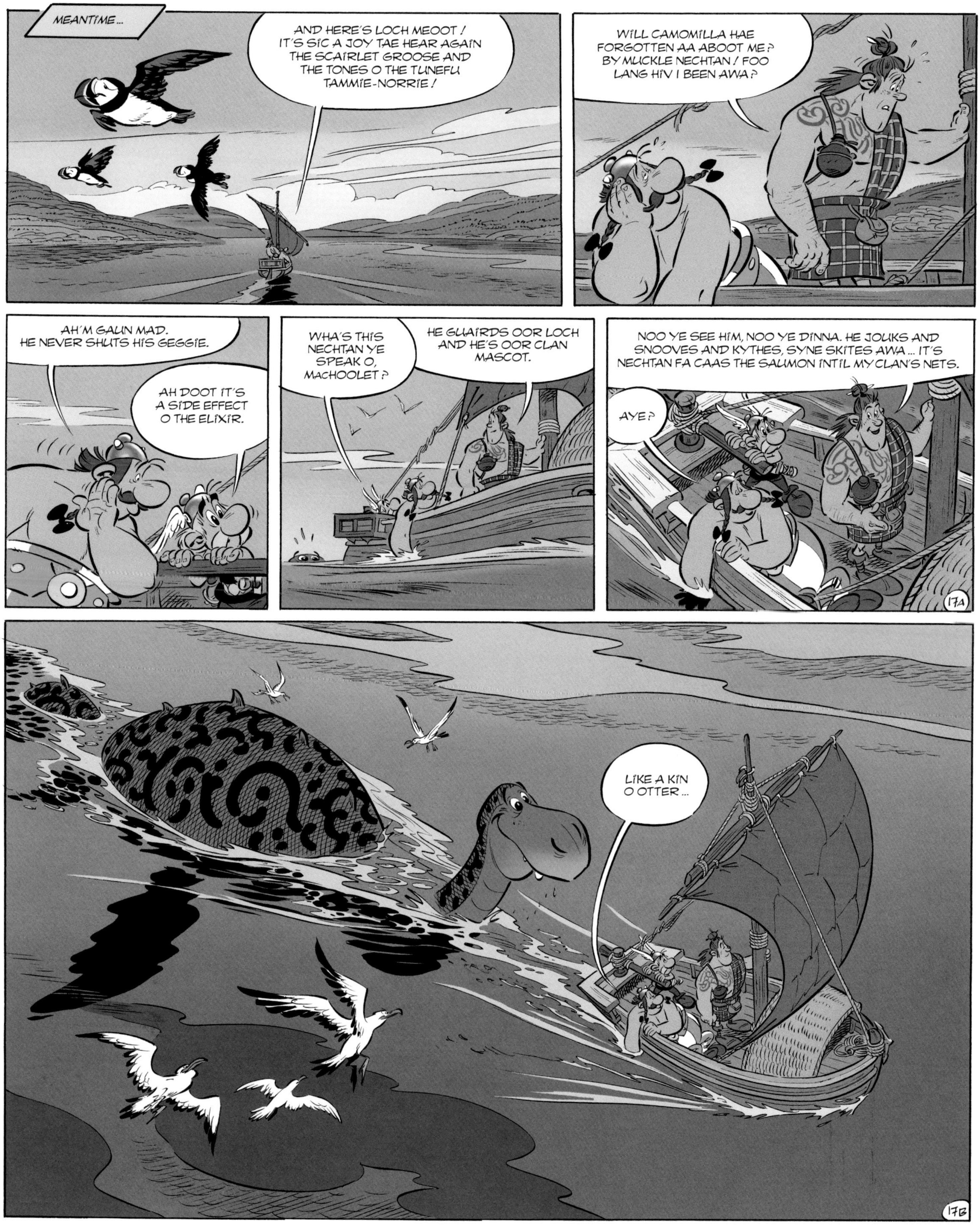
MEANTIME...
AND HERE'S LOCH MEOOT! IT'S SIC A JOY TAE HEAR AGAIN THE SCAIRLET GROOSE AND THE TONES O THE TUNEFU TAMMIE-NORRIE!
WILL CAMOMILLA HAE FORGOTTEN AA ABOOT ME? BY MUCKLE NECHTAN! FOO LANG HIV I BEEN AWA?
AH'M GAUN MAD. HE NEVER SHUTS HIS GEGGIE.
AH DOOT IT'S A SIDE EFFECT O THE ELIXIR.
WHA'S THIS NECHTAN YE SPEAK O, MACHOOLET?
HE GUAIRDS OOR LOCH AND HE'S OOR CLAN MASCOT.
NOO YE SEE HIM, NOO YE DINNA. HE JOUKS AND SNOOVES AND KYTHES, SYNE SKITES AWA ... IT'S NECHTAN FA CAAS THE SAUMON INTIL MY CLAN'S NETS.
AYE?
17A
LIKE A KIN O OTTER ...
17B

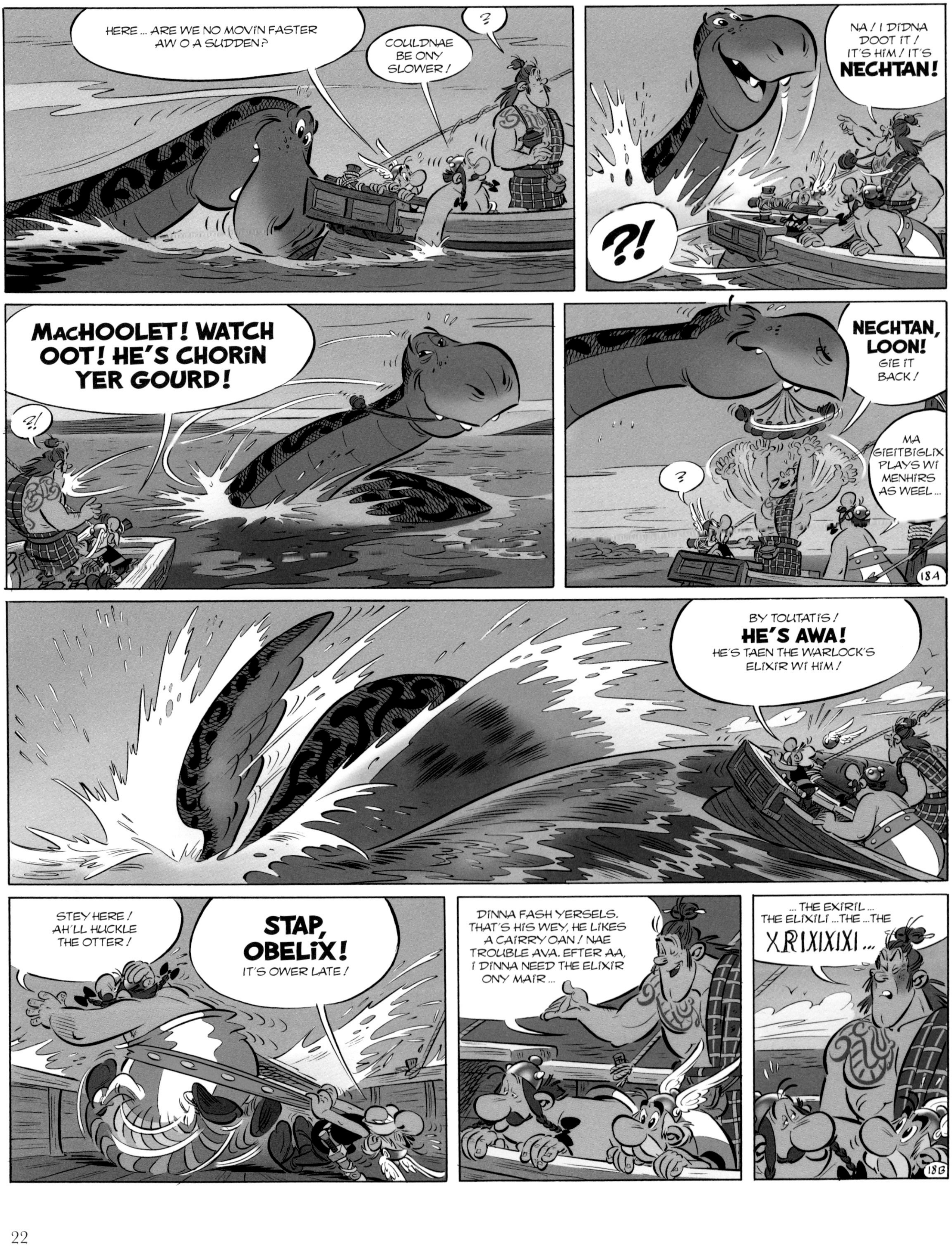
HERE ... ARE WE NO MOVIN FASTER AW O A SUDDEN?
COULDNAE BE ONY SLOWER!
?
NA! I DIDNA DOOT IT! IT'S HIM! IT'S NECHTAN!
?!
MacHOOLET! WATCH OOT! HE'S CHORIN YER GOURD!
?!
NECHTAN, LOON! GIE IT BACK!
MA GIEITBIGLIX PLAYS WI MENHIRS AS WEEL ...
?
18A
BY TOUTATIS! HE'S AWA! HE'S TAEN THE WARLOCK'S ELIXIR WI HIM!
STEY HERE! AH'LL HUCKLE THE OTTER!
STAP, OBELIX! IT'S OWER LATE!
DINNA FASH YERSELS. THAT'S HIS WEY, HE LIKES A CAIRRY OAN! NAE TROUBLE AVA. EFTER AA, I DINNA NEED THE ELIXIR ONY MAIR ...
... THE EXIRIL ... THE ELIXILI ... THE ... THE XRIXIXIXI ...
18B

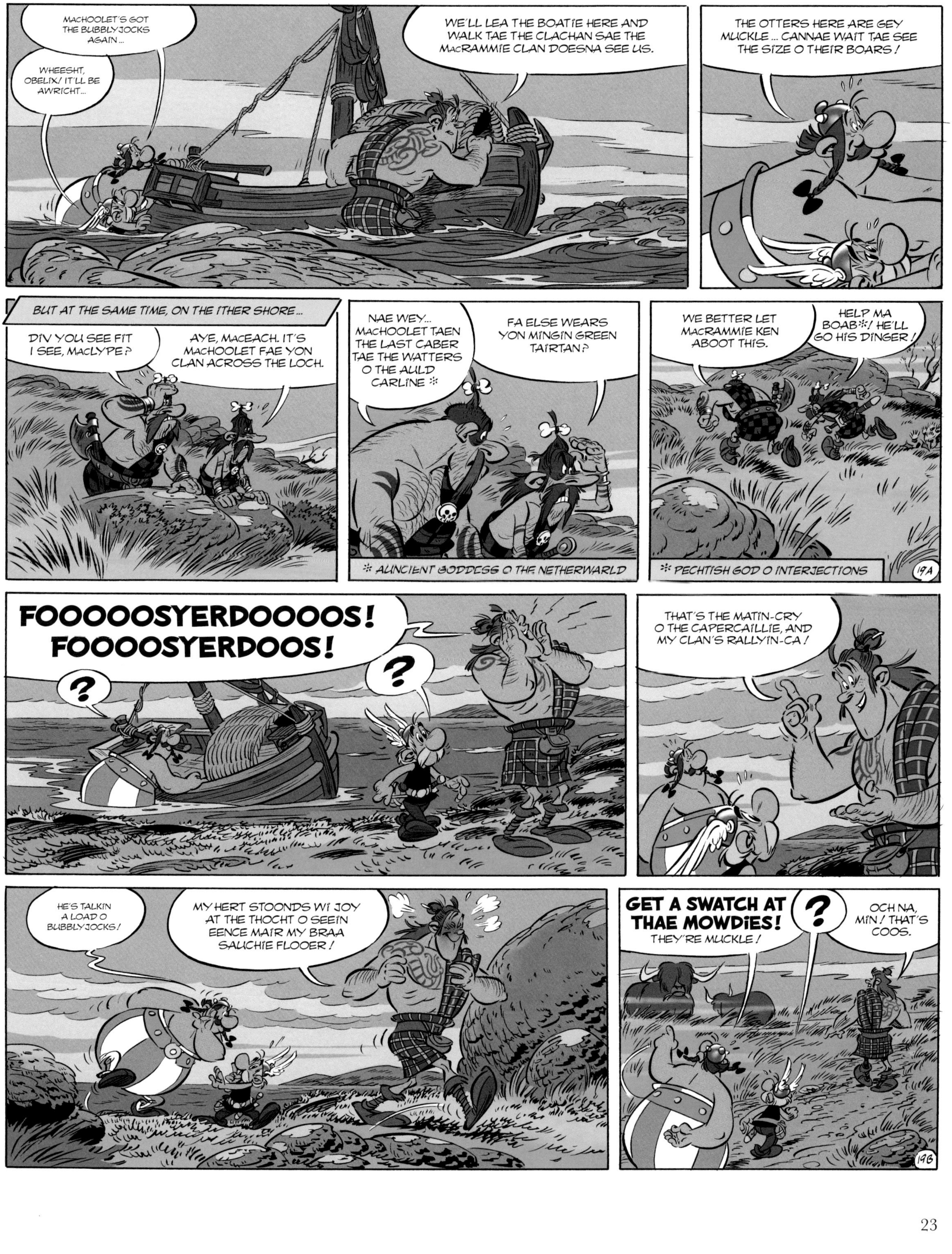

MACHOOLET'S GOT THE BUBBLYJOCKS AGAIN...
WHEESHT, OBELIX! IT'LL BE AWRICHT...
WE'LL LEA THE BOATIE HERE AND WALK TAE THE CLACHAN SAE THE MacRAMMIE CLAN DOESNA SEE US.
THE OTTERS HERE ARE GEY MUCKLE ... CANNAE WAIT TAE SEE THE SIZE O THEIR BOARS!
BUT AT THE SAME TIME, ON THE ITHER SHORE...
DIV YOU SEE FIT I SEE, MACLYPE?
AYE, MACEACH. IT'S MACHOOLET FAE YON CLAN ACROSS THE LOCH.
NAE WEY... MACHOOLET TAEN THE LAST CABER TAE THE WATTERS O THE AULD CARLINE *
FA ELSE WEARS YON MINGIN GREEN TAIRTAN?
* AUNCIENT GODDESS O THE NETHERWARLD
WE BETTER LET MacRAMMIE KEN ABOOT THIS.
HELP MA BOAB*! HE'LL GO HIS DINGER!
* PECHTISH GOD O INTERJECTIONS
19A
FOOOOOSYERDOOOOS! FOOOOSYERDOOS!
?
?
THAT'S THE MATIN-CRY O THE CAPERCAILLIE, AND MY CLAN'S RALLYIN-CA!
HE'S TALKIN A LOAD O BUBBLYJOCKS!
MY HERT STOONDS WI JOY AT THE THOCHT O SEEIN EENCE MAIR MY BRAA SAUCHIE FLOOER!
GET A SWATCH AT THAE MOWDIES!
THEY'RE MUCKLE!
?
OCH NA, MIN! THAT'S COOS.
19B

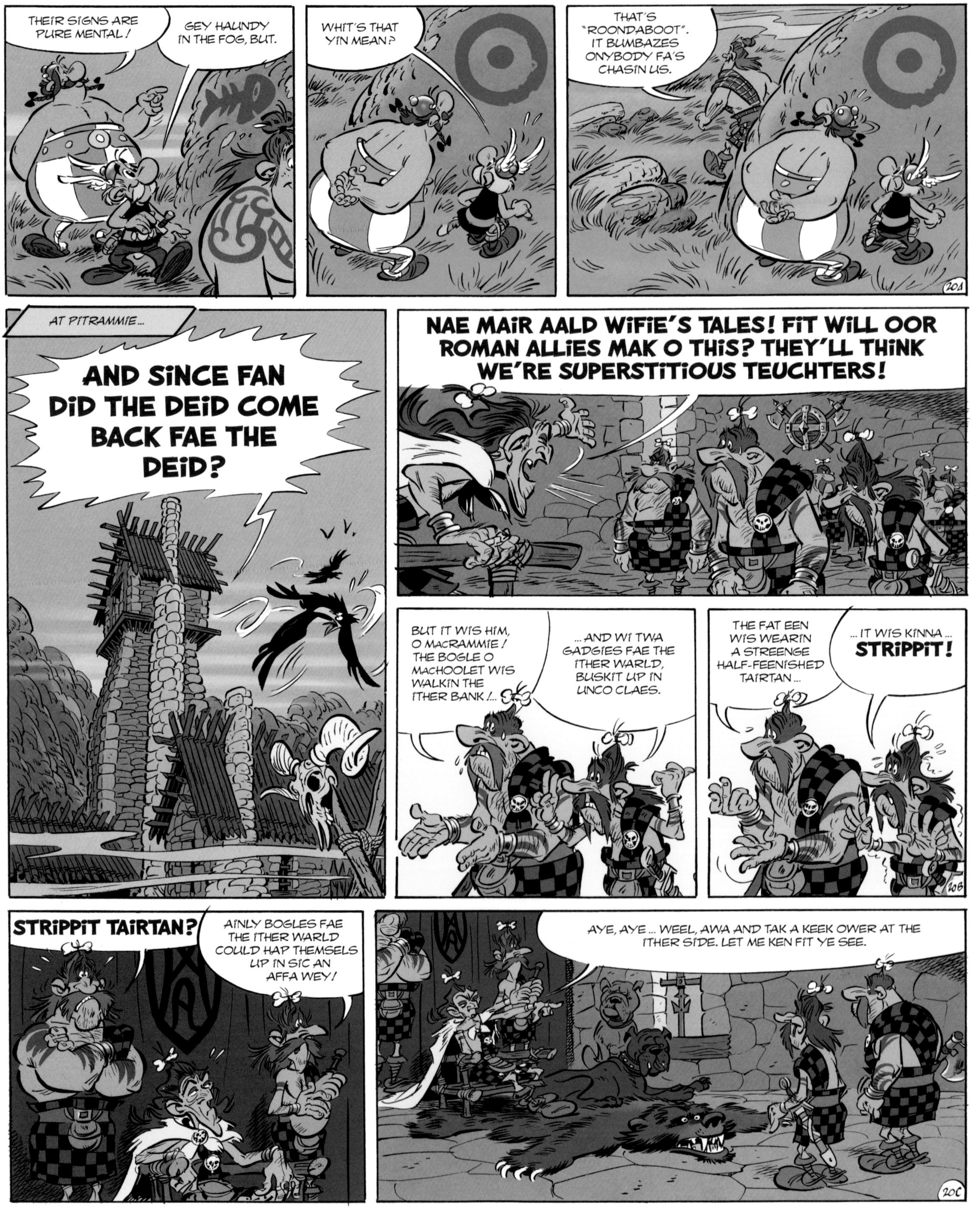
THEIR SIGNS ARE PURE MENTAL!
GEY HAUNDY IN THE FOG, BUT.
WHIT'S THAT YIN MEAN?
THAT'S "ROONDABOOT". IT BUMBAZES ONYBODY FA'S CHASIN US.
AT PITRAMMIE...
AND SINCE FAN DID THE DEID COME BACK FAE THE DEID?
NAE MAIR AALD WIFIE'S TALES! FIT WILL OOR ROMAN ALLIES MAK O THIS? THEY'LL THINK WE'RE SUPERSTITIOUS TEUCHTERS!
BUT IT WIS HIM, O MACRAMMIE! THE BOGLE O MACHOOLET WIS WALKIN THE ITHER BANK!...
...AND WI TWA GADGIES FAE THE ITHER WARLD, BUSKIT UP IN UNCO CLAES.
THE FAT EEN WIS WEARIN A STREENGE HALF-FEENISHED TAIRTAN...
...IT WIS KINNA... STRIPPIT!
STRIPPIT TAIRTAN?
AINLY BOGLES FAE THE ITHER WARLD COULD HAP THEMSELS UP IN SIC AN AFFA WEY!
AYE, AYE... WEEL, AWA AND TAK A KEEK OWER AT THE ITHER SIDE. LET ME KEN FIT YE SEE.

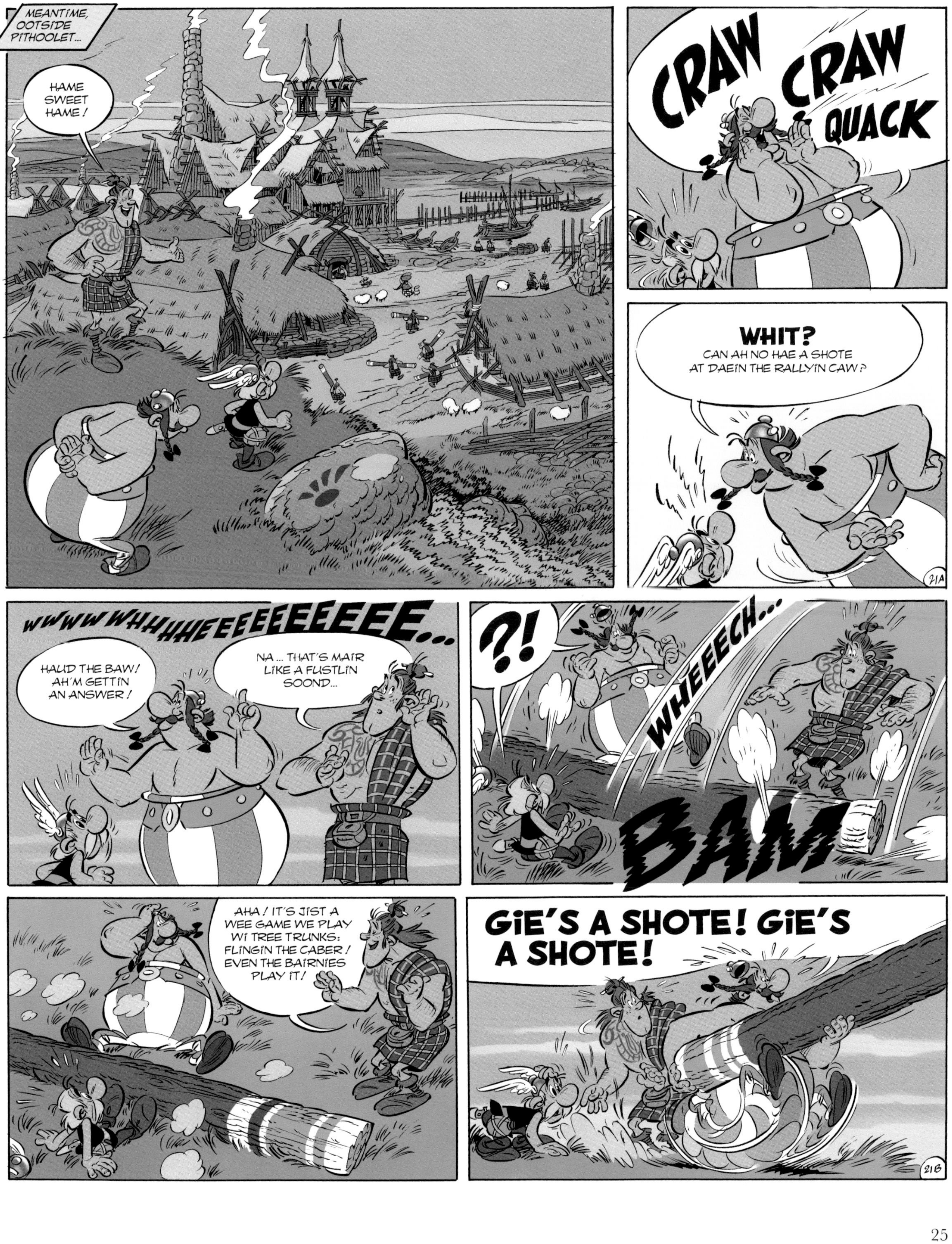
MEANTIME, OOTSIDE PITHOOLET...
HAME SWEET HAME!
CRAW CRAW QUACK
WHIT?
CAN AH NO HAE A SHOTE AT DAEIN THE RALLYIN CAW?
21A
WWWWWHHHHEEEEEEEEEE...
HAUD THE BAW! AH'M GETTIN AN ANSWER!
NA... THAT'S MAIR LIKE A FUSTLIN SOOND...
?!
WHEEECH...
BAM
AHA! IT'S JIST A WEE GAME WE PLAY WI TREE TRUNKS: FLINGIN THE CABER! EVEN THE BAIRNIES PLAY IT!
GIE'S A SHOTE! GIE'S A SHOTE!
21B

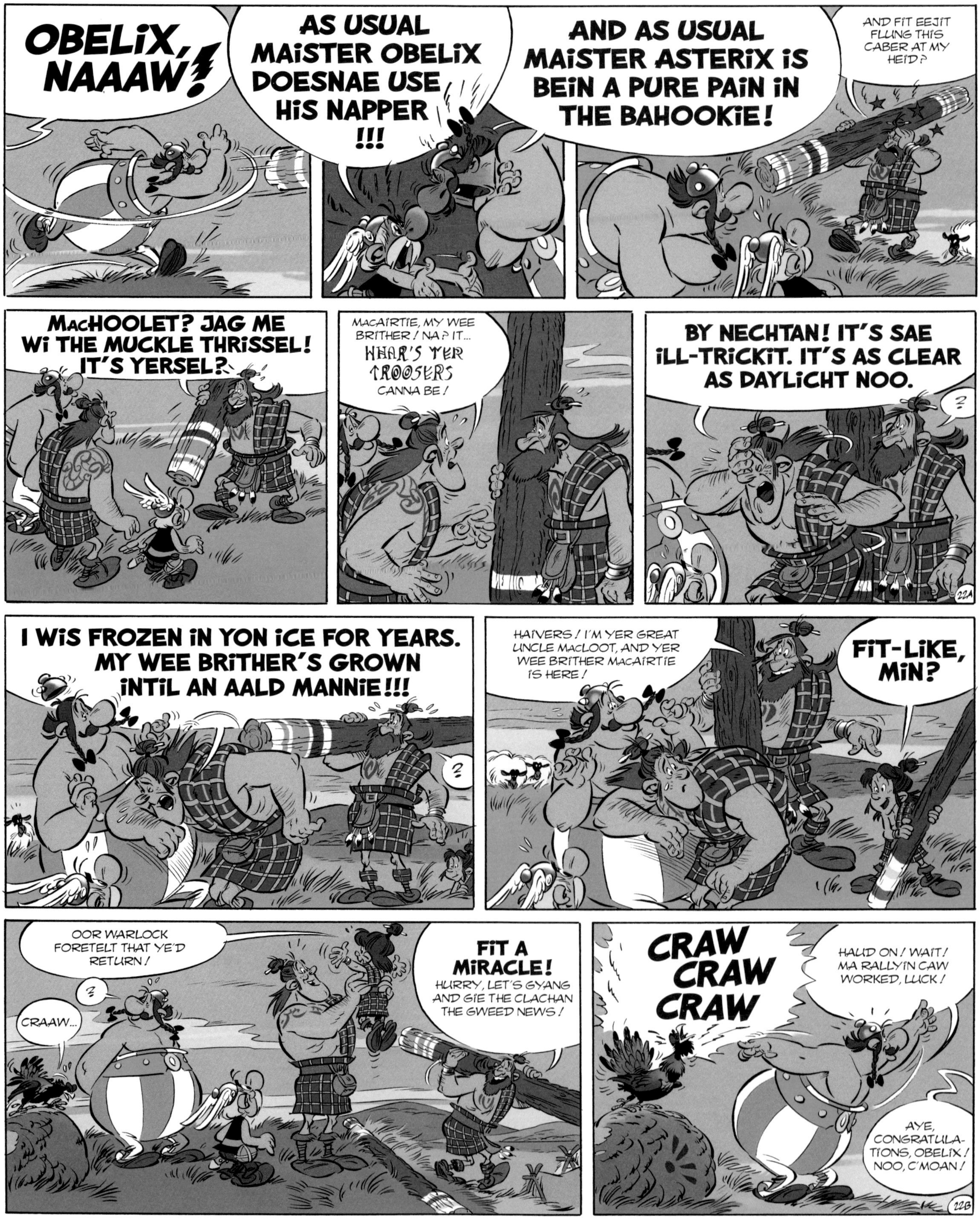
OBELIX, NAAAW!
AS USUAL MAISTER OBELIX DOESNAE USE HIS NAPPER !!!
AND AS USUAL MAISTER ASTERIX IS BEIN A PURE PAIN IN THE BAHOOKIE!
AND FIT EEJIT FLUNG THIS CABER AT MY HEID?
MACHOOLET? JAG ME WI THE MUCKLE THRISSEL! IT'S YERSEL?
MACAIRTIE, MY WEE BRITHER! NA? IT... WHAR'S YER TROOSERS CANNA BE!
BY NECHTAN! IT'S SAE ILL-TRICKIT. IT'S AS CLEAR AS DAYLICHT NOO.
?
I WIS FROZEN IN YON ICE FOR YEARS. MY WEE BRITHER'S GROWN INTIL AN AALD MANNIE!!!
?
HAIVERS! I'M YER GREAT UNCLE MACLOOT, AND YER WEE BRITHER MACAIRTIE IS HERE!
FIT-LIKE, MIN?
OOR WARLOCK FORETELT THAT YE'D RETURN!
?
CRAAW...
FIT A MIRACLE!
HURRY, LET'S GYANG AND GIE THE CLACHAN THE GWEED NEWS!
CRAW CRAW CRAW
HAUD ON! WAIT! MA RALLYIN CAW WORKED, LUCK!
AYE, CONGRATULATIONS, OBELIX! NOO, C'MOAN!

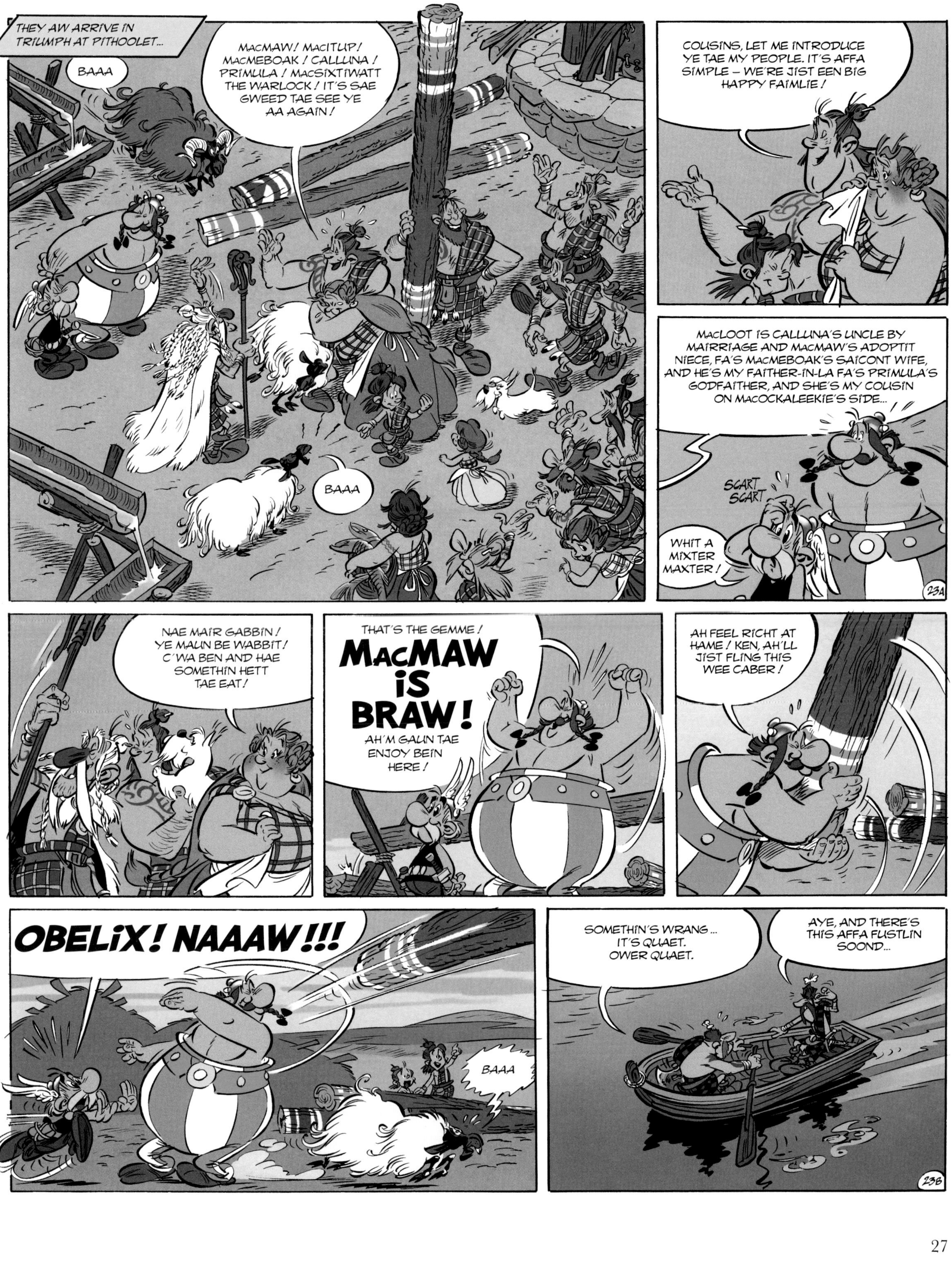
THEY AW ARRIVE IN TRIUMPH AT PITHOOLET...
BAAA
MACMAW! MACITUP! MACMEBOAK! CALLUNA! PRIMULA! MACSIXTIWATT THE WARLOCK! IT'S SAE GWEED TAE SEE YE AA AGAIN!
BAAA
COUSINS, LET ME INTRODUCE YE TAE MY PEOPLE. IT'S AFFA SIMPLE – WE'RE JIST EEN BIG HAPPY FAIMLIE!
MACLOOT IS CALLUNA'S UNCLE BY MAIRRIAGE AND MACMAW'S ADOPTIT NIECE, FA'S MACMEBOAK'S SAICONT WIFE, AND HE'S MY FAITHER-IN-LA FA'S PRIMULA'S GODFAITHER, AND SHE'S MY COUSIN ON MACOCKALEEKIE'S SIDE...
SCART SCART
WHIT A MIXTER MAXTER!
23A
NAE MAIR GABBIN! YE MAUN BE WABBIT! C'WA BEN AND HAE SOMETHIN HETT TAE EAT!
THAT'S THE GEMME!
MACMAW IS BRAW!
AH'M GAUN TAE ENJOY BEIN HERE!
AH FEEL RICHT AT HAME! KEN, AH'LL JIST FLING THIS WEE CABER!
OBELIX! NAAAW!!!
BAAA
SOMETHIN'S WRANG... IT'S QUAET. OWER QUAET.
AYE, AND THERE'S THIS AFFA FUSTLIN SOOND...
23B

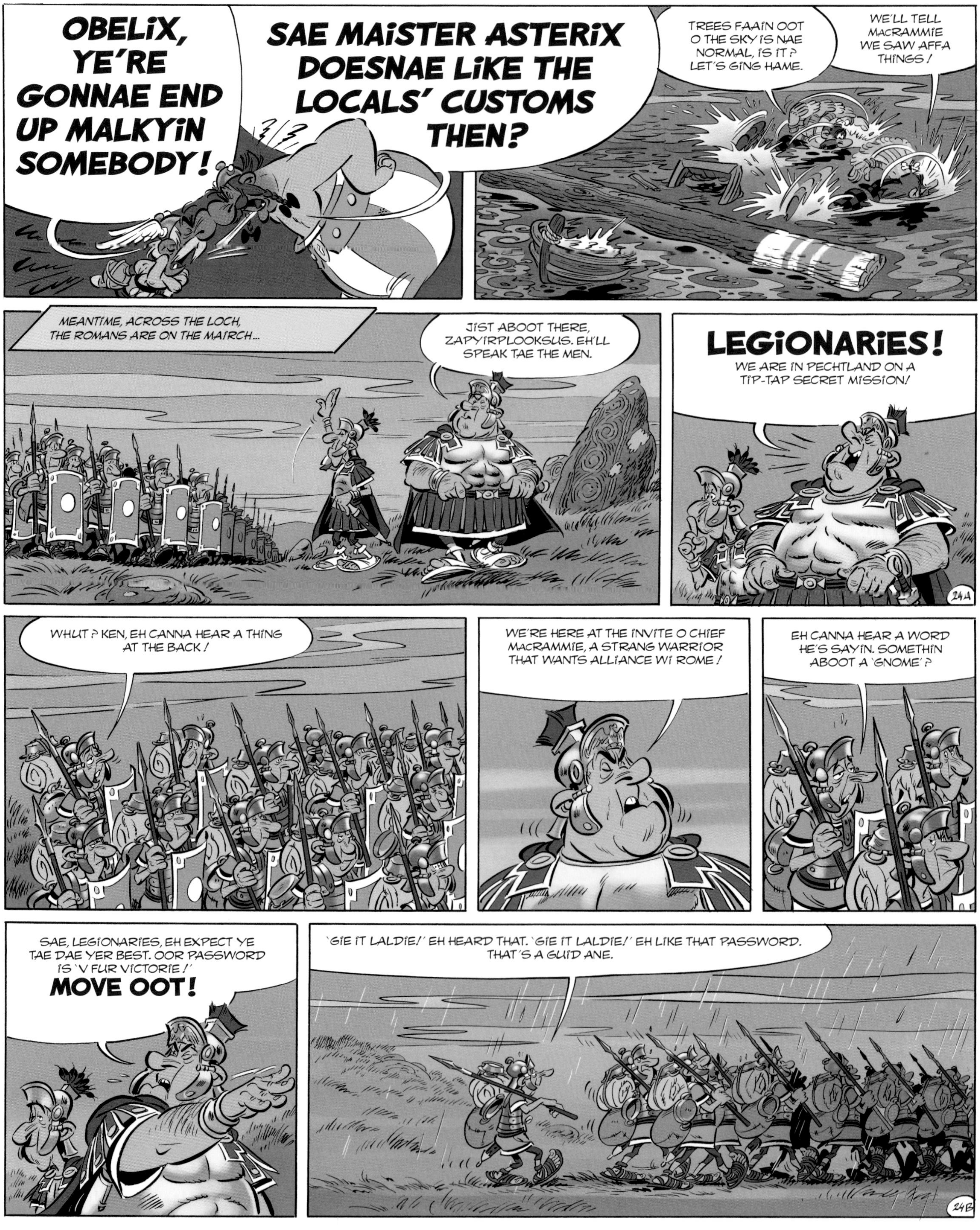
OBELIX, YE'RE GONNAE END UP MALKYIN SOMEBODY!
SAE MAISTER ASTERIX DOESNAE LIKE THE LOCALS' CUSTOMS THEN?
TREES FAAIN OOT O THE SKY IS NAE NORMAL, IS IT? LET'S GING HAME.
WE'LL TELL MACRAMMIE WE SAW AFFA THINGS!
MEANTIME, ACROSS THE LOCH, THE ROMANS ARE ON THE MAIRCH...
JIST ABOOT THERE, ZAPYIRPLOOKSUS. EH'LL SPEAK TAE THE MEN.
LEGIONARIES!
WE ARE IN PECHTLAND ON A TIP-TAP SECRET MISSION!
WHUT? KEN, EH CANNA HEAR A THING AT THE BACK!
WE'RE HERE AT THE INVITE O CHIEF MACRAMMIE, A STRANG WARRIOR THAT WANTS ALLIANCE WI ROME!
EH CANNA HEAR A WORD HE'S SAYIN. SOMETHIN ABOOT A 'GNOME'?
SAE, LEGIONARIES, EH EXPECT YE TAE DAE YER BEST. OOR PASSWORD IS 'V FUR VICTORIE!'
MOVE OOT!
'GIE IT LALDIE!' EH HEARD THAT. 'GIE IT LALDIE!' EH LIKE THAT PASSWORD. THAT'S A GUID ANE.

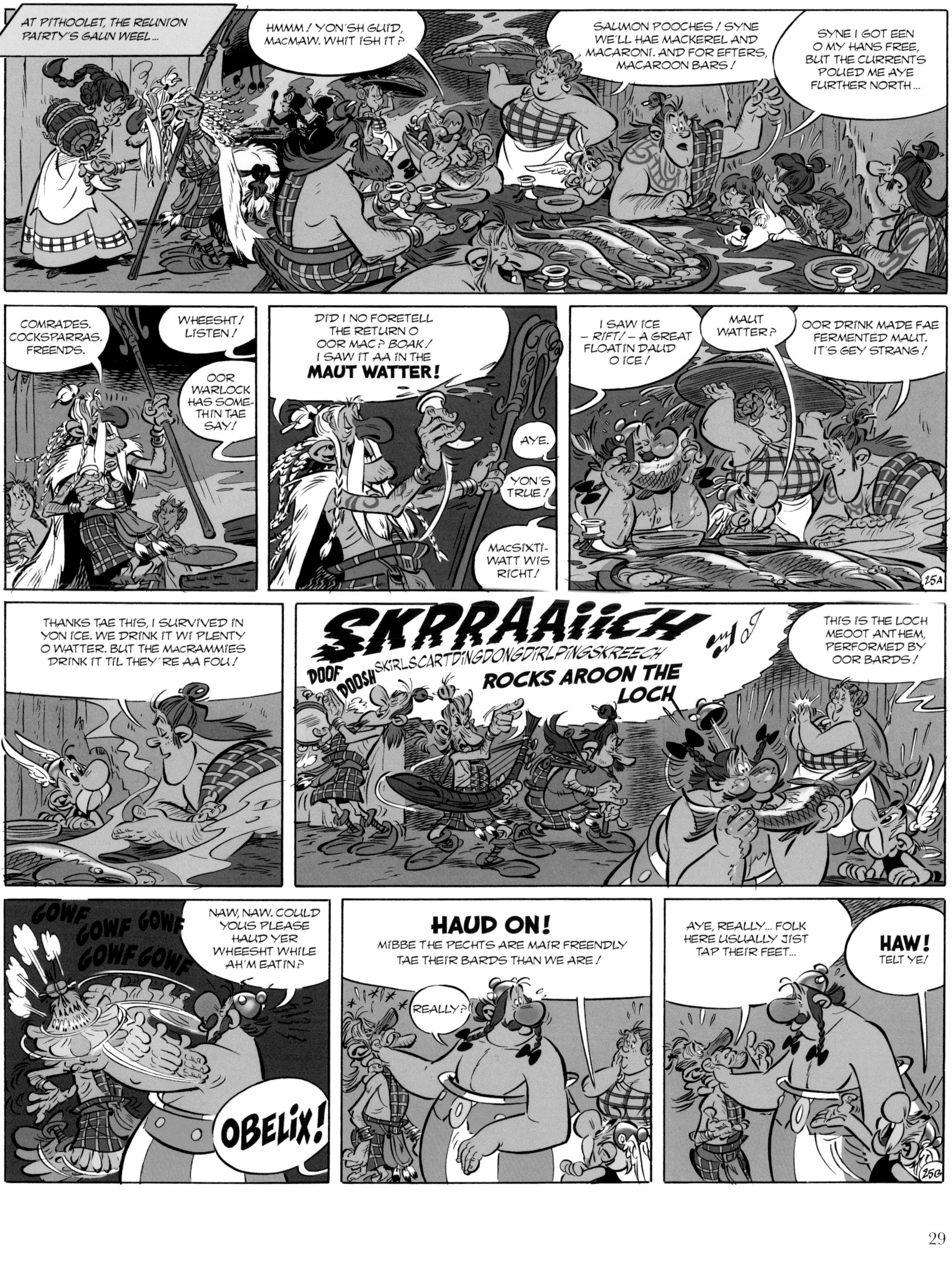
AT PITHOOLET, THE REUNION PAIRTY'S GAUN WEEL ...
HMMM! YON'SH GUID, MACMAW. WHIT ISH IT?
SAUMON POOCHES! SYNE WE'LL HAE MACKEREL AND MACARONI. AND FOR EFTERS, MACAROON BARS!
SYNE I GOT EEN O MY HANS FREE, BUT THE CURRENTS POUED ME AYE FURTHER NORTH ...
COMRADES. COCKSPARRAS. FREENDS.
WHEESHT! LISTEN!
OOR WARLOCK HAS SOMETHIN TAE SAY!
DID I NO FORETELL THE RETURN O OOR MAC? BOAK! I SAW IT AA IN THE MAUT WATTER!
AYE.
YON'S TRUE!
MacSIXTIWATT WIS RICHT!
I SAW ICE – RIFT! – A GREAT FLOATIN DAUD O ICE!
MAUT WATTER?
OOR DRINK MADE FAE FERMENTED MAUT. IT'S GEY STRANG!
25A
THANKS TAE THIS, I SURVIVED IN YON ICE. WE DRINK IT WI PLENTY O WATTER. BUT THE MacRAMMIES DRINK IT TIL THEY'RE AA FOU!
SKRRAAiiCH
DOOF
DOOSH
SKIRLSCARTDINGDONGDIRLPINGSKREECH
ROCKS AROON THE LOCH
THIS IS THE LOCH MEOOT ANTHEM, PERFORMED BY OOR BARDS!
GOWF GOWF GOWF GOWF GOWF
NAW, NAW. COULD YOUS PLEASE HAUD YER WHEESHT WHILE AH'M EATIN?
OBELIX!
HAUD ON!
MIBBE THE PECHTS ARE MAIR FREENDLY TAE THEIR BARDS THAN WE ARE!
REALLY?
AYE, REALLY... FOLK HERE USUALLY JIST TAP THEIR FEET...
HAW!
TELT YE!
25B

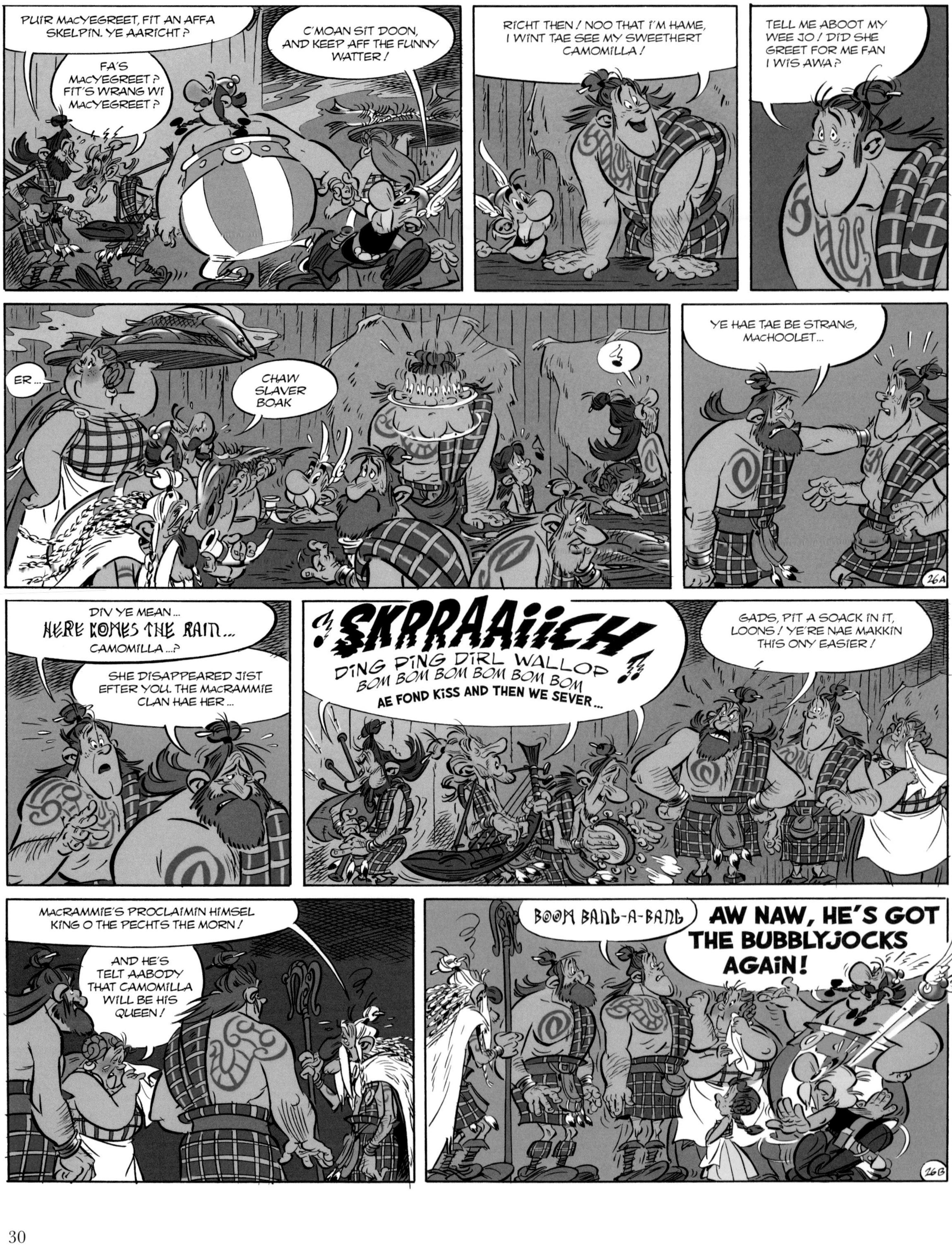

PUIR MACYEGREET, FIT AN AFFA SKELPIN. YE AARICHT ?
FA'S MACYEGREET ? FIT'S WRANG WI MACYEGREET ?
C'MOAN SIT DOON, AND KEEP AFF THE FUNNY WATTER !
RICHT THEN ! NOO THAT I'M HAME, I WINT TAE SEE MY SWEETHERT CAMOMILLA !
TELL ME ABOOT MY WEE JO ! DID SHE GREET FOR ME FAN I WIS AWA ?
ER ...
CHAW SLAVER BOAK
YE HAE TAE BE STRANG, MACHOOLET...
26A
DIV YE MEAN... HERE COMES THE RAIN... CAMOMILLA ...?
SHE DISAPPEARED JIST EFTER YOU. THE MACRAMMIE CLAN HAE HER ...
SKRRAAIICH
DING DING DIRL WALLOP
BOM BOM BOM BOM BOM BOM
AE FOND KISS AND THEN WE SEVER ...
GADS, PIT A SOACK IN IT, LOONS ! YE'RE NAE MAKKIN THIS ONY EASIER !
MACRAMMIE'S PROCLAIMIN HIMSEL KING O THE PECHTS THE MORN !
AND HE'S TELT AABODY THAT CAMOMILLA WILL BE HIS QUEEN !
BOOM BANG-A-BANG
AW NAW, HE'S GOT THE BUBBLYJOCKS AGAIN !
26B

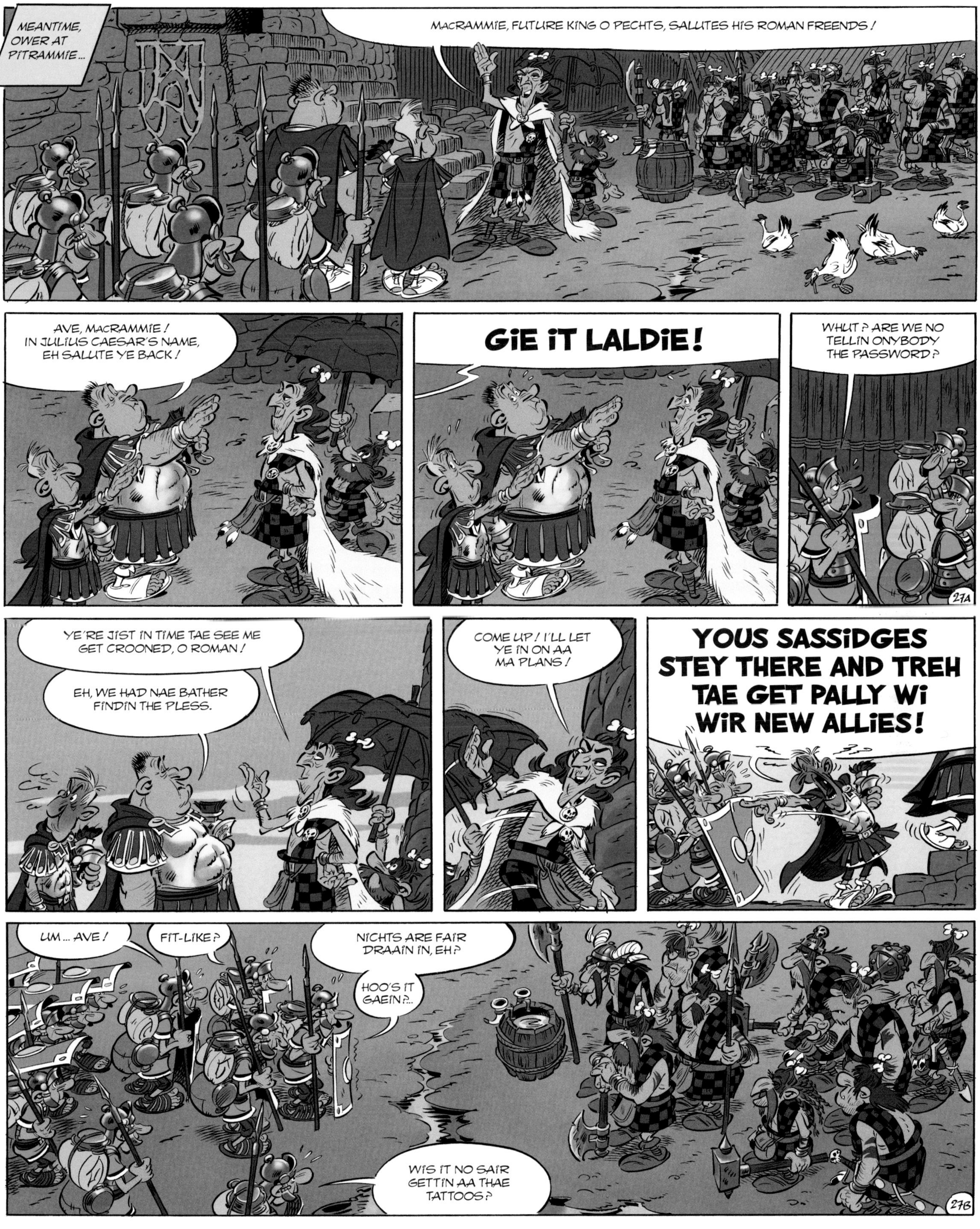

MEANTIME, OWER AT PITRAMMIE...
MACRAMMIE, FUTURE KING O PECHTS, SALUTES HIS ROMAN FREENDS!
AVE, MACRAMMIE! IN JULIUS CAESAR'S NAME, EH SALUTE YE BACK!
GIE IT LALDIE!
WHUT? ARE WE NO TELLIN ONYBODY THE PASSWORD?
27A
YE'RE JIST IN TIME TAE SEE ME GET CROONED, O ROMAN!
EH, WE HAD NAE BATHER FINDIN THE PLESS.
COME UP! I'LL LET YE IN ON AA MA PLANS!
YOUS SASSIDGES STEY THERE AND TREH TAE GET PALLY WI WIR NEW ALLIES!
UM... AVE!
FIT-LIKE?
NICHTS ARE FAIR DRAAIN IN, EH?
HOO'S IT GAEIN?..
WIS IT NO SAIR GETTIN AA THAE TATTOOS?
27B

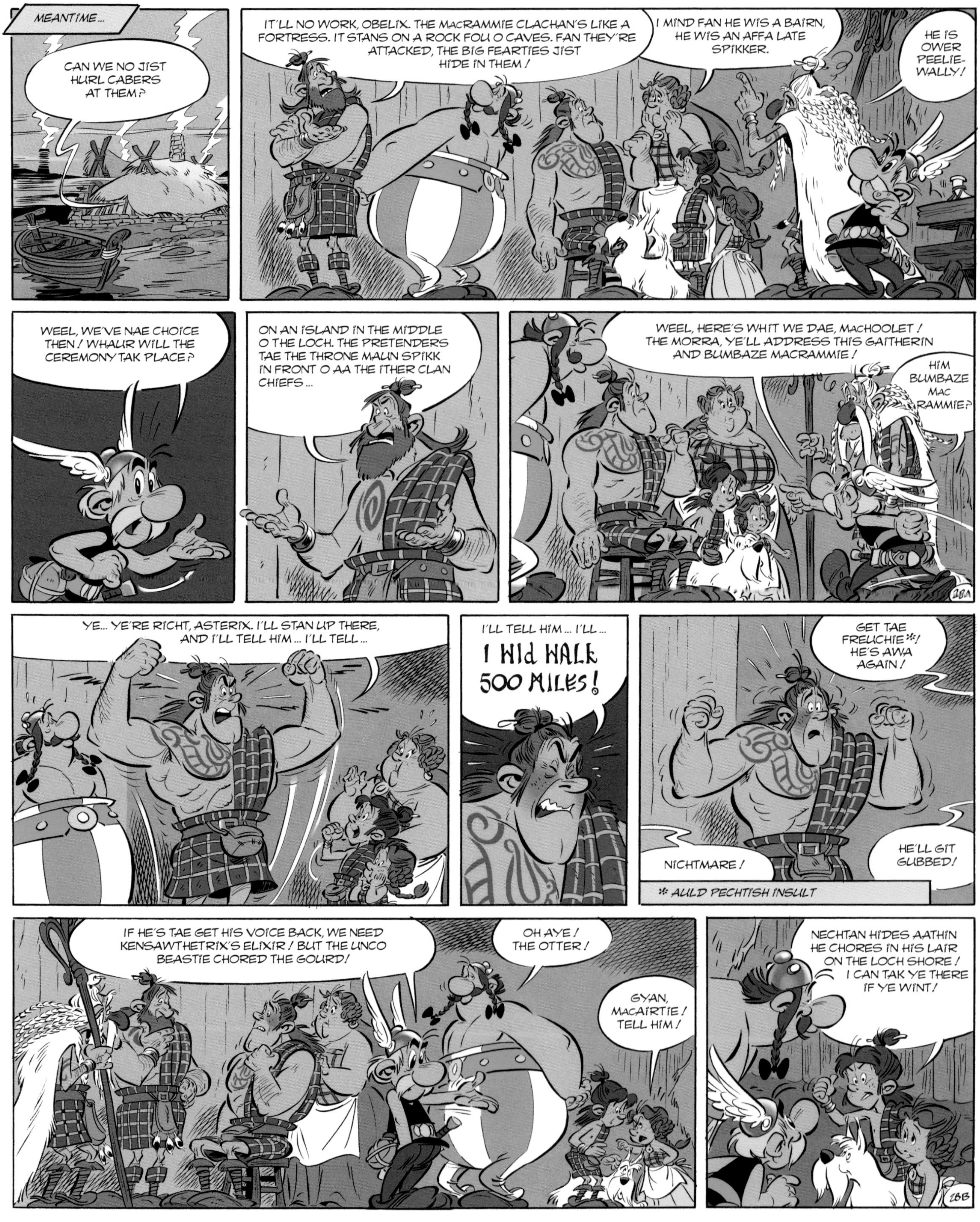
MEANTIME...
CAN WE NO JIST HURL CABERS AT THEM?
IT'LL NO WORK, OBELIX. THE MacRAMMIE CLACHAN'S LIKE A FORTRESS. IT STANS ON A ROCK FOU O CAVES. FAN THEY'RE ATTACKED, THE BIG FEARTIES JIST HIDE IN THEM!
I MIND FAN HE WIS A BAIRN, HE WIS AN AFFA LATE SPIKKER.
HE IS OWER PEELIE-WALLY!
WEEL, WE'VE NAE CHOICE THEN! WHAUR WILL THE CEREMONY TAK PLACE?
ON AN ISLAND IN THE MIDDLE O THE LOCH. THE PRETENDERS TAE THE THRONE MAUN SPIKK IN FRONT O AA THE ITHER CLAN CHIEFS...
WEEL, HERE'S WHIT WE DAE, MacHOOLET! THE MORRA, YE'LL ADDRESS THIS GAITHERIN AND BUMBAZE MacRAMMIE!
HIM BUMBAZE MacRAMMIE?
YE... YE'RE RICHT, ASTERIX. I'LL STAN UP THERE, AND I'LL TELL HIM... I'LL TELL...
I'LL TELL HIM... I'LL...
I WID WALK 500 MILES!
GET TAE FREUCHIE*! HE'S AWA AGAIN!
NICHTMARE!
HE'LL GIT GUBBED!
* AULD PECHTISH INSULT
IF HE'S TAE GET HIS VOICE BACK, WE NEED KENSAWTHETRIX'S ELIXIR! BUT THE UNCO BEASTIE CHORED THE GOURD!
OH AYE! THE OTTER!
GYAN, MACAIRTIE! TELL HIM!
NECHTAN HIDES AATHIN HE CHORES IN HIS LAIR ON THE LOCH SHORE! I CAN TAK YE THERE IF YE WINT!

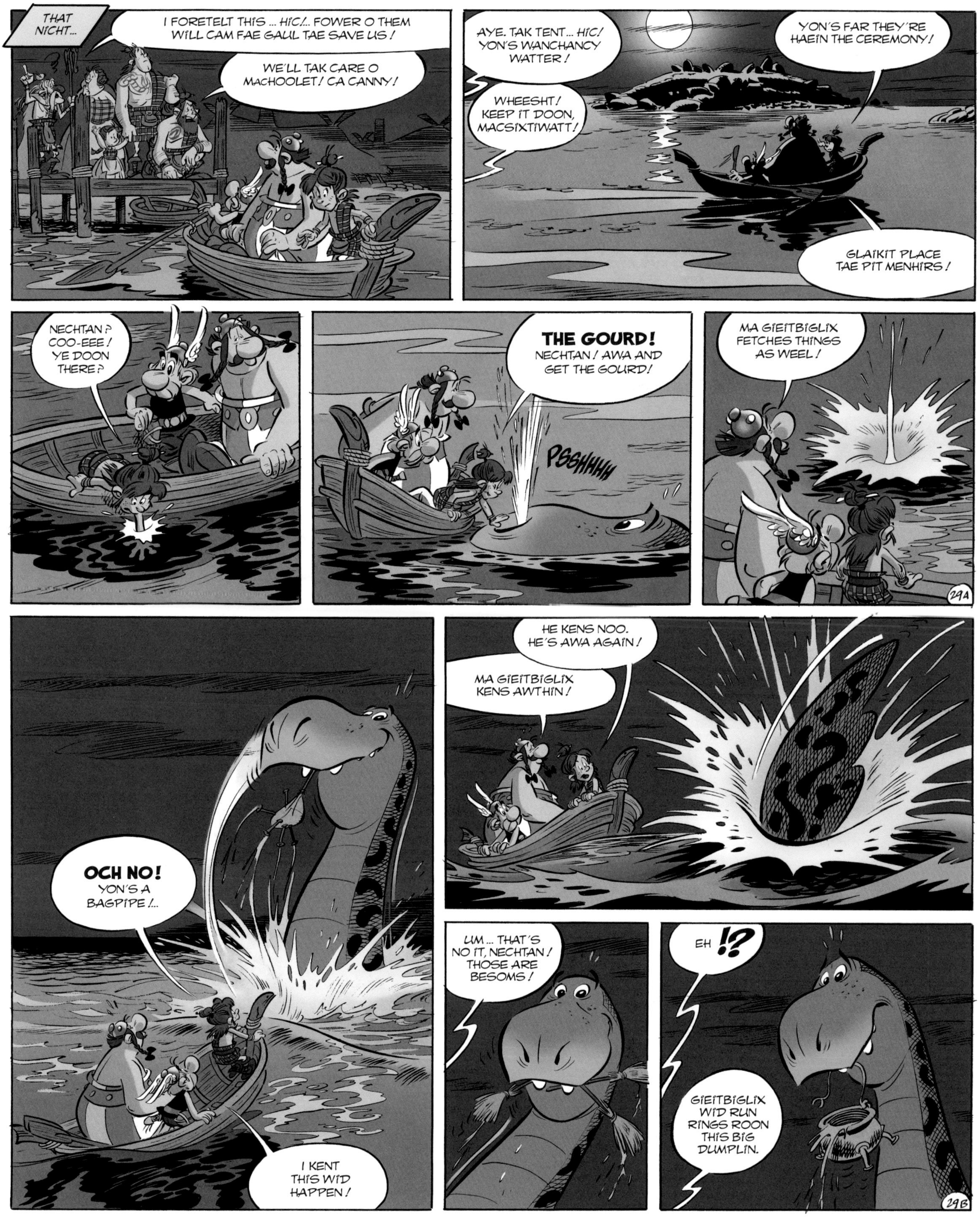
THAT NICHT...
I FORETELT THIS ... HIC!... FOWER O THEM WILL CAM FAE GAUL TAE SAVE US!
WE'LL TAK CARE O MACHOOLET! CA CANNY!
AYE. TAK TENT... HIC! YON'S WANCHANCY WATTER!
WHEESHT! KEEP IT DOON, MACSIXTIWATT!
YON'S FAR THEY'RE HAEIN THE CEREMONY!
GLAIKIT PLACE TAE PIT MENHIRS!
NECHTAN? COO-EEE! YE DOON THERE?
THE GOURD! NECHTAN! AWA AND GET THE GOURD!
PSSHHHH
MA GIEITBIGLIX FETCHES THINGS AS WEEL!
29A
OCH NO! YON'S A BAGPIPE!...
I KENT THIS WID HAPPEN!
HE KENS NOO. HE'S AWA AGAIN!
MA GIEITBIGLIX KENS AWTHIN!
UM ... THAT'S NO IT, NECHTAN! THOSE ARE BESOMS!
EH !?
GIEITBIGLIX WID RUN RINGS ROON THIS BIG DUMPLIN.
29B

RICHT! AH DOOT WE'LL HAE TAE DIVE DOON OORSELS ANEATH THE ROCKS. YE COMIN, OBELIX?

AH'D RAITHER SCOFF SOME MAIR SAUMON POOCHES!

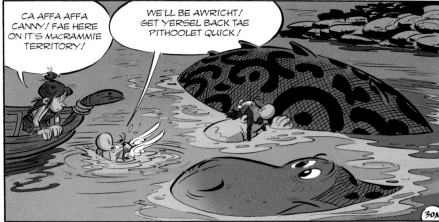

CA AFFA AFFA CANNY! FAE HERE ON IT'S MACRAMMIE TERRITORY!

WE'LL BE AWRICHT! GET YERSEL BACK TAE PITHOOLET QUICK!

IN CASE THE READER'S PECHIN EFTER READIN ABOOT AW THESE PECHTS, FOR THIS NIXT PAIRT O THE STORY, HERE'S TWA PICTOGRAMS.

WILL YE LUCK AT THE STATE O THIS PLACE!

NO BE EASY FINDIN THE GOURD IN THIS MIDDEN!

YA BELTER, MAIR BRAW HELMETS FOR MA COLLECTION!

GET A GRIP, WILL YE? THIS ISNAE THE BARRAS MERCATUS!

NAE HERM IN PICKIN UP A FEW WEE MINDINS ON MA TRAIVELS!

WHEESHT! AH HEAR SOMETHIN ...

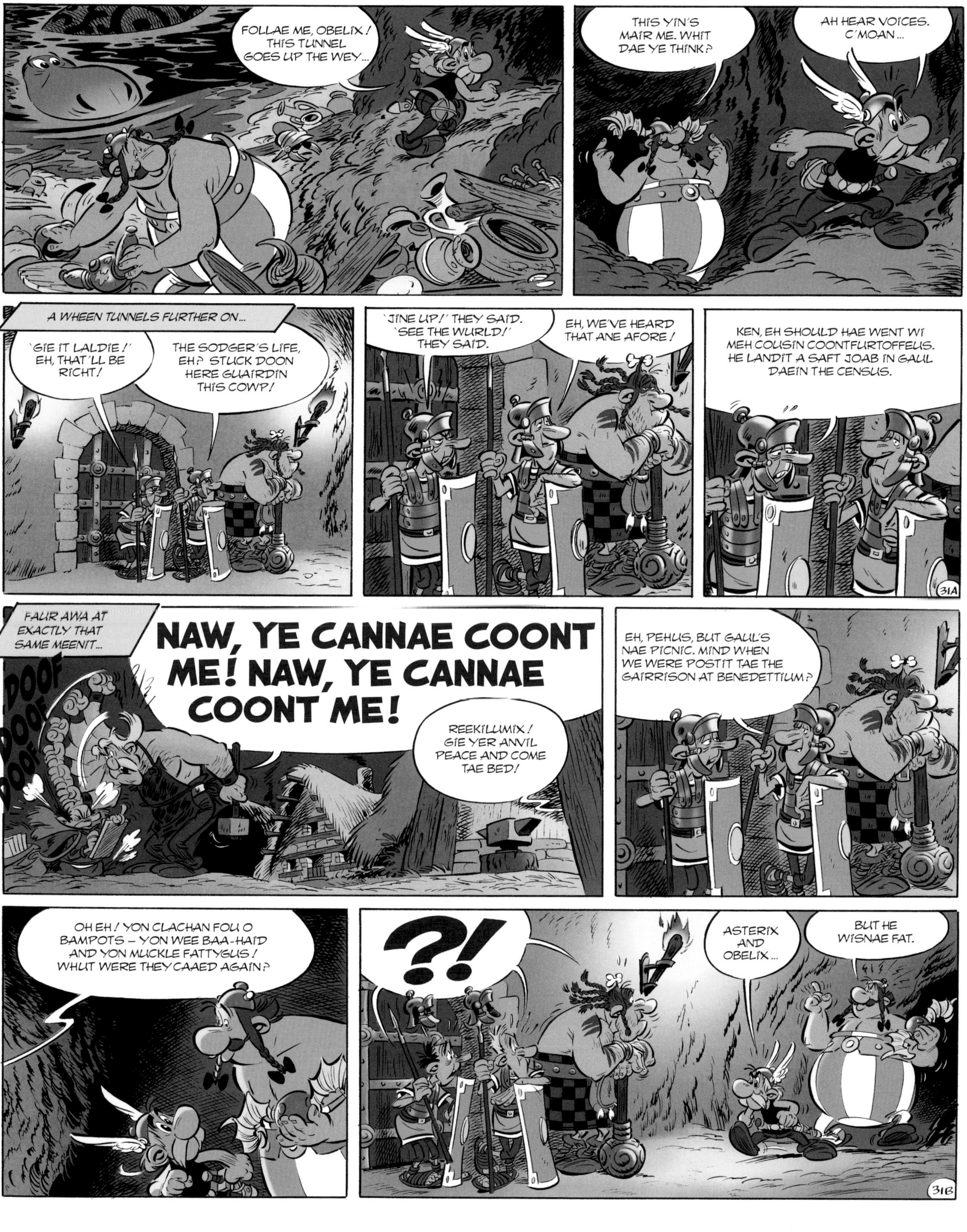
FOLLAE ME, OBELIX! THIS TUNNEL GOES UP THE WEY...
THIS YIN'S MAIR ME. WHIT DAE YE THINK?
AH HEAR VOICES. C'MOAN...
A WHEEN TUNNELS FURTHER ON...
'GIE IT LALDIE!' EH, THAT'LL BE RICHT!
THE SODGER'S LIFE, EH? STUCK DOON HERE GUAIRDIN THIS COWP!
'JINE UP!' THEY SAID. 'SEE THE WURLD!' THEY SAID.
EH, WE'VE HEARD THAT ANE AFORE!
KEN, EH SHOULD HAE WENT WI MEH COUSIN COONTFURTOFFEUS. HE LANDIT A SAFT JOAB IN GAUL DAEIN THE CENSUS.
31A
FAUR AWA AT EXACTLY THAT SAME MEENIT...
DOOF DOOF DOOF
NAW, YE CANNAE COONT ME! NAW, YE CANNAE COONT ME!
REEKILUMIX! GIE YER ANVIL PEACE AND COME TAE BED!
EH, PEHUS, BUT GAUL'S NAE PICNIC. MIND WHEN WE WERE POSTIT TAE THE GAIRRISON AT BENEDETTIUM?
OH EH! YON CLACHAN FOU O BAMPOTS – YON WEE BAA-HAID AND YON MUCKLE FATTYGUS! WHUT WERE THEY CAAED AGAIN?
?!
ASTERIX AND OBELIX...
BUT HE WISNAE FAT.
31B

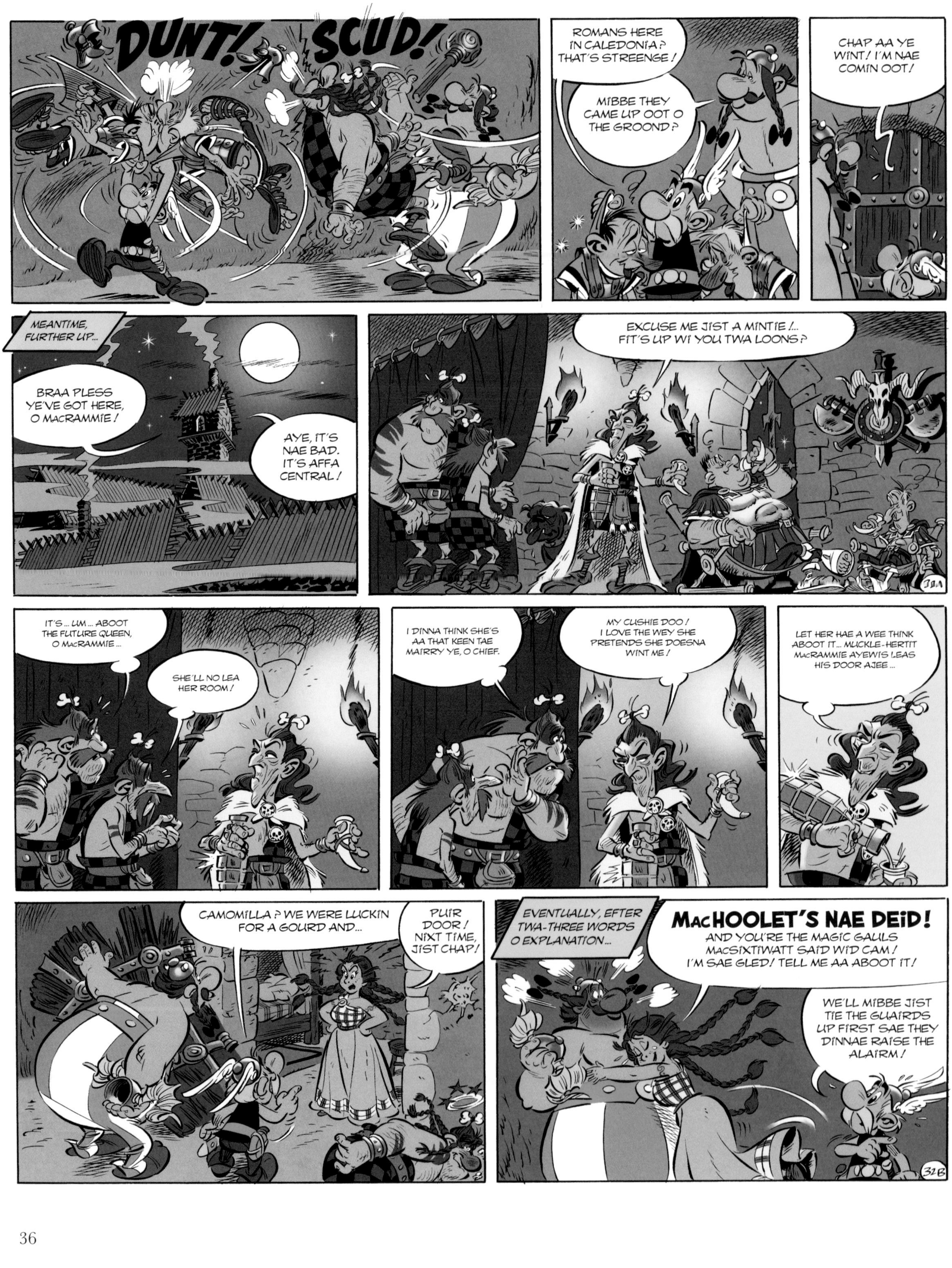
DUNT!
SCUD!
ROMANS HERE IN CALEDONIA? THAT'S STREENGE!
MIBBE THEY CAME UP OOT O THE GROOND?
CHAP AA YE WINT! I'M NAE COMIN OOT!
MEANTIME, FURTHER UP...
BRAA PLESS YE'VE GOT HERE, O MacRAMMIE!
AYE, IT'S NAE BAD. IT'S AFFA CENTRAL!
EXCUSE ME JIST A MINTIE!... FIT'S UP WI YOU TWA LOONS?
IT'S ... UM ... ABOOT THE FUTURE QUEEN, O MacRAMMIE ...
SHE'LL NO LEA HER ROOM!
I DINNA THINK SHE'S AA THAT KEEN TAE MAIRRY YE, O CHIEF.
MY CUSHIE DOO! I LOVE THE WEY SHE PRETENDS SHE DOESNA WINT ME!
LET HER HAE A WEE THINK ABOOT IT... MUCKLE-HERTIT MacRAMMIE AYEWIS LEAS HIS DOOR AJEE ...
CAMOMILLA? WE WERE LUCKIN FOR A GOURD AND...
PUIR DOOR! NIXT TIME, JIST CHAP!
EVENTUALLY, EFTER TWA-THREE WORDS O EXPLANATION...
MacHOOLET'S NAE DEID!
AND YOU'RE THE MAGIC GAULS MacSIXTIWATT SAID WID CAM! I'M SAE GLED! TELL ME AA ABOOT IT!
WE'LL MIBBE JIST TIE THE GUAIRDS UP FIRST SAE THEY DINNAE RAISE THE ALAIRM!

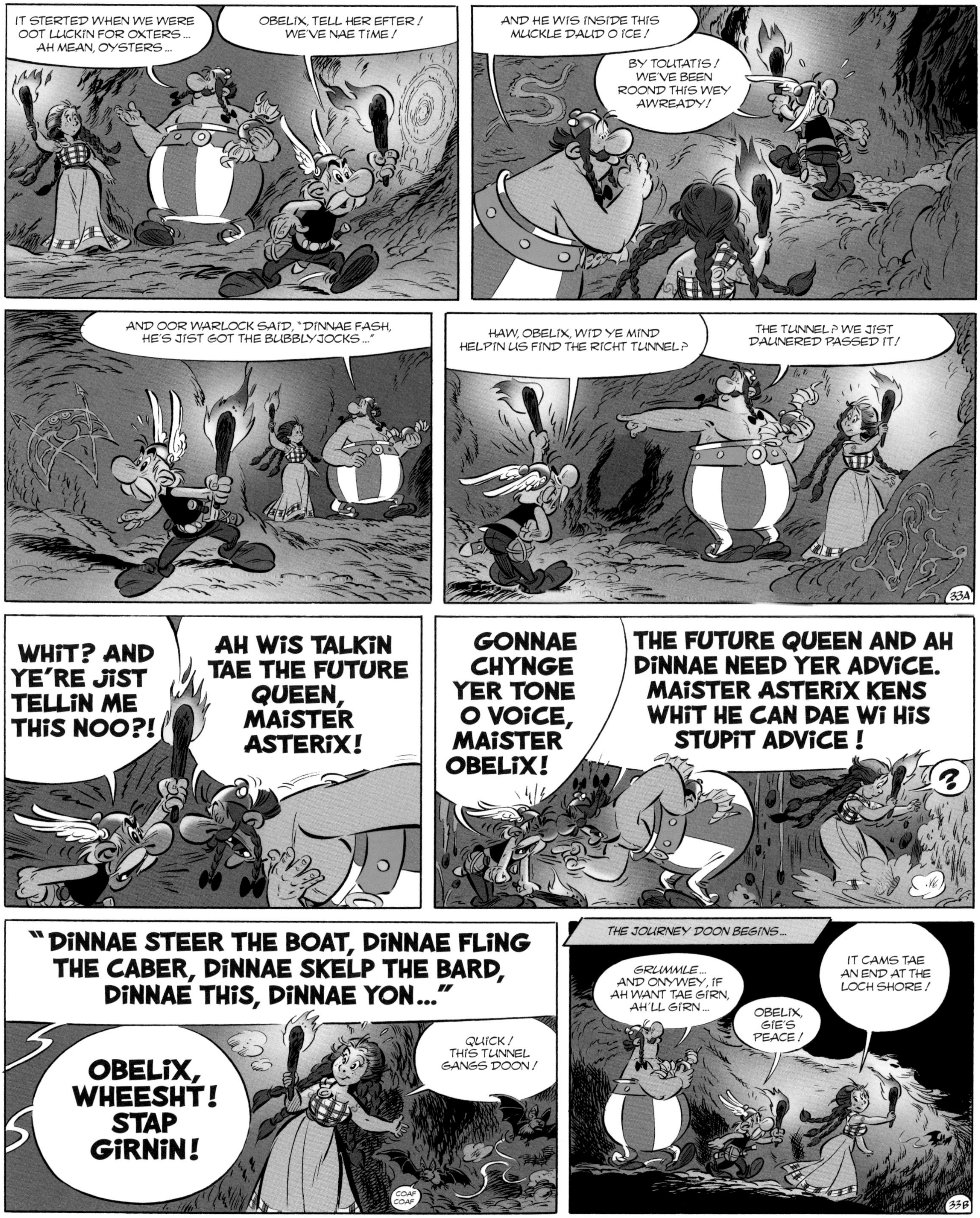
IT STERTED WHEN WE WERE OOT LUCKIN FOR OXTERS ... AH MEAN, OYSTERS ...
OBELIX, TELL HER EFTER! WE'VE NAE TIME!
AND HE WIS INSIDE THIS MUCKLE DAUD O ICE!
BY TOUTATIS! WE'VE BEEN ROOND THIS WEY AWREADY!
AND OOR WARLOCK SAID, "DINNAE FASH, HE'S JIST GOT THE BUBBLYJOCKS ..."
HAW, OBELIX, WID YE MIND HELPIN US FIND THE RICHT TUNNEL?
THE TUNNEL? WE JIST DAUNERED PASSED IT!
33A
WHIT? AND YE'RE JIST TELLIN ME THIS NOO?!
AH WIS TALKIN TAE THE FUTURE QUEEN, MAISTER ASTERIX!
GONNAE CHYNGE YER TONE O VOICE, MAISTER OBELIX!
THE FUTURE QUEEN AND AH DINNAE NEED YER ADVICE. MAISTER ASTERIX KENS WHIT HE CAN DAE WI HIS STUPIT ADVICE!
?
"DINNAE STEER THE BOAT, DINNAE FLING THE CABER, DINNAE SKELP THE BARD, DINNAE THIS, DINNAE YON..."
OBELIX, WHEESHT! STAP GIRNIN!
QUICK! THIS TUNNEL GANGS DOON!
COAF COAF
THE JOURNEY DOON BEGINS...
GRUMMLE... AND ONYWEY, IF AH WANT TAE GIRN, AH'LL GIRN ...
OBELIX, GIE'S PEACE!
IT CAMS TAE AN END AT THE LOCH SHORE!
33B

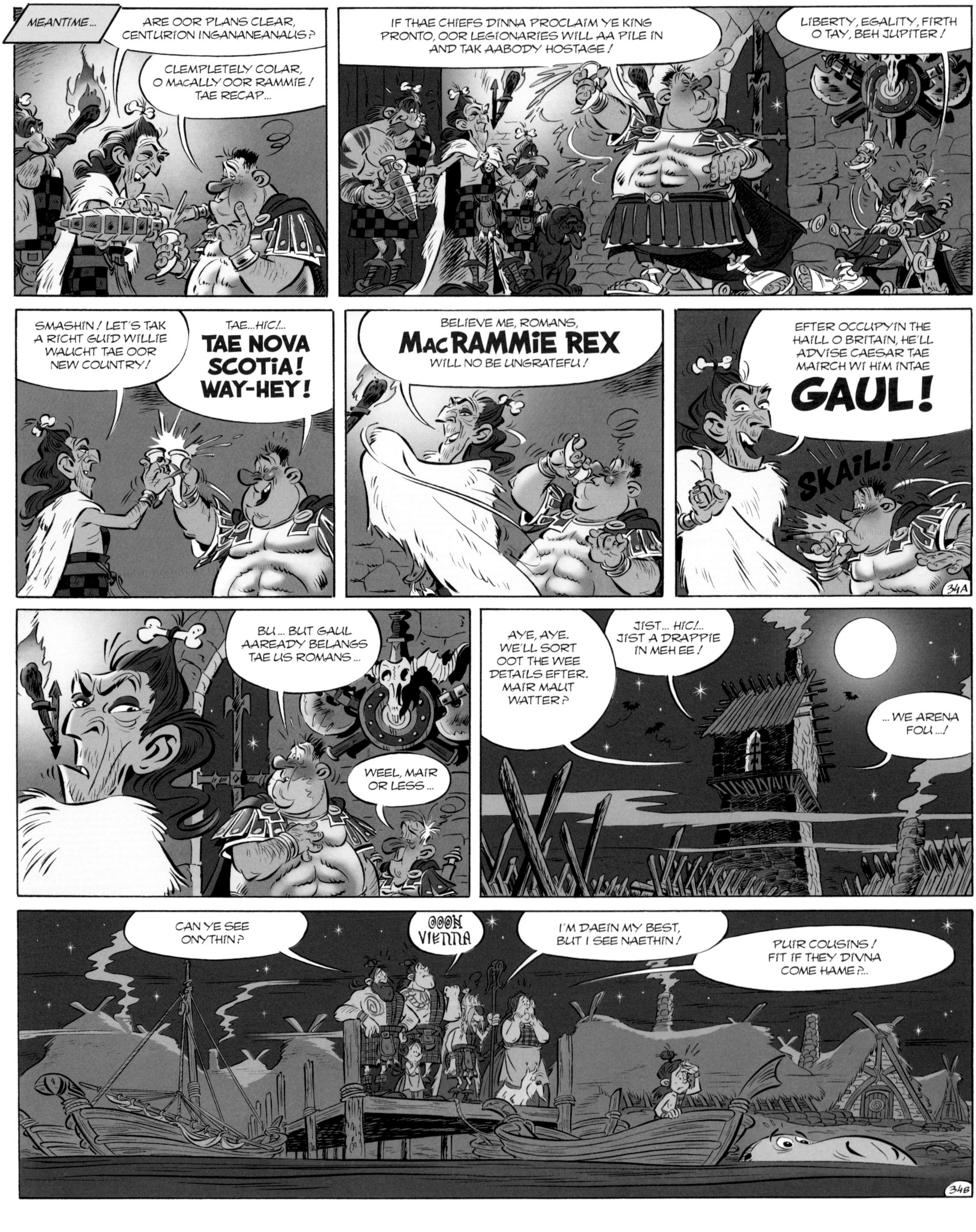
MEANTIME...
ARE OOR PLANS CLEAR, CENTURION INGANANEANAUS?
CLEMPLETELY COLAR, O MACALLY OOR RAMMIE! TAE RECAP...
IF THAE CHIEFS DINNA PROCLAIM YE KING PRONTO, OOR LEGIONARIES WILL AA PILE IN AND TAK AABODY HOSTAGE!
LIBERTY, EGALITY, FIRTH O TAY, BEH JUPITER!
SMASHIN! LET'S TAK A RICHT GUID WILLIE WAUCHT TAE OOR NEW COUNTRY!
TAE...HIC!... TAE NOVA SCOTIA! WAY-HEY!
BELIEVE ME, ROMANS, MacRAMMIE REX WILL NO BE UNGRATEFU!
EFTER OCCUPYIN THE HAILL O BRITAIN, HE'LL ADVISE CAESAR TAE MAIRCH WI HIM INTAE GAUL!
SKAIL!
34A
BU... BUT GAUL AAREADY BELANGS TAE US ROMANS...
WEEL, MAIR OR LESS...
AYE, AYE. WE'LL SORT OOT THE WEE DETAILS EFTER. MAIR MAUT WATTER?
JIST... HIC!... JIST A DRAPPIE IN MEH EE!
...WE ARENA FOU...!
CAN YE SEE ONYTHIN?
OOON VIENNA
I'M DAEIN MY BEST, BUT I SEE NAETHIN!
PUIR COUSINS! FIT IF THEY DIVNA COME HAME?...
34B

THE DAY DAWS... THE ISLAND IN THE MIDDLE O THE LOCH IS HOATCHIN AFORE THE CEREMONY TAE ELECT THE NEW KING...
SKRAiiCH
BOM BOM BOM
TEUUUCH
SKIRL
DIRL
... SOME O THE LOCAL RESIDENTS DINNA KEN WHIT TAE MAK O IT...
IT'S A GAITHERIN O CHIEFTAINS FAE AW THE MAIN CLANS. THERE ARE MUIRLAUN PECHTS, PLOOKIE PECHTS, JOCO PECHTS, FATTYGUS PECHTS, PECHTS FAE THE WIDDS, PECHTS FAE THE YELLA WATTER...
SKRAiiiiiiiiCH
... AND THERE'S EVEN A MUCKLE WHITE PECHT...
WHITE IS THE NEW BROON!
AYE BUT MURDER TAE WAASH!
35A
THE MacRAMMIE CLAN JINES THE GAITHERIN...
AND STERTS HAUNDIN OOT GIFTIES, SWEETIES AND FIZZY WATTER ✻
VOTE FOR YER PAL MacRAMMIE!
PLENTY MAIR FAR THIS CAME FAE!
✻ NOOADAYS WE CAW THIS 'PAUCHLIN IT'
AS PAIRT O STOOSHIE-CONTROL, CLAIMANTS FOLLAE A STRICT LEET. THE WEE CANDIDATES GET FIRST SHOTE...
FREENDS, PECHTIES, COUNTRYMEN, LEN ME YER LUGS...
BUT SOME CANDIDATES DINNA IMPRESS THE ASSEMBLY...
... AND ARE GENTLY TELT TAE SHOOT THE CRAW.
DOOF!
35B

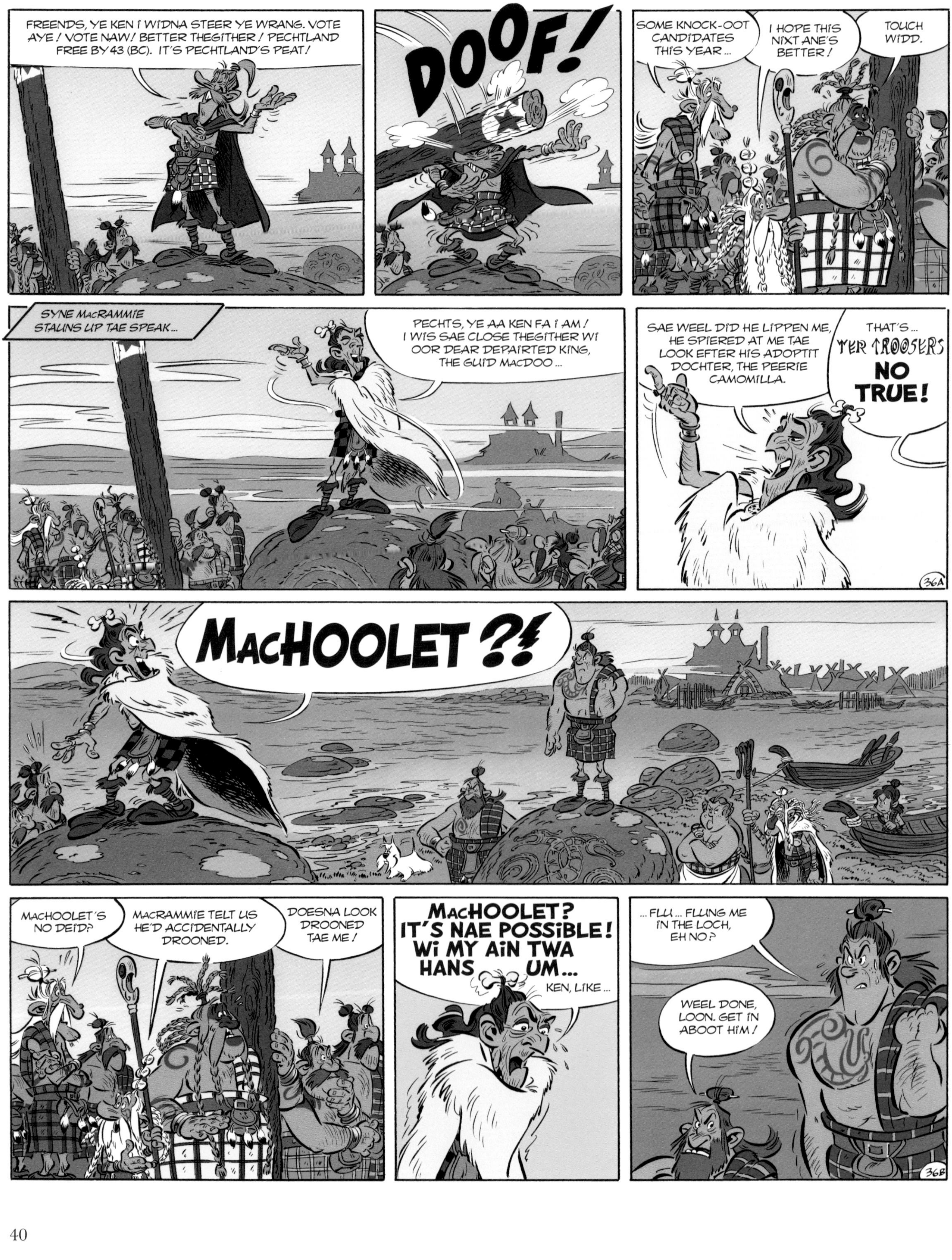

FREENDS, YE KEN I WIDNA STEER YE WRANG. VOTE AYE! VOTE NAW! BETTER THEGITHER! PECHTLAND FREE BY 43 (BC). IT'S PECHTLAND'S PEAT!
DOOF!
SOME KNOCK-OOT CANDIDATES THIS YEAR...
I HOPE THIS NIXT ANE'S BETTER!
TOUCH WIDD.
SYNE MACRAMMIE STAUNS UP TAE SPEAK...
PECHTS, YE AA KEN FA I AM! I WIS SAE CLOSE THEGITHER WI OOR DEAR DEPAIRTED KING, THE GUID MACDOO...
SAE WEEL DID HE LIPPEN ME, HE SPIERED AT ME TAE LOOK EFTER HIS ADOPTIT DOCHTER, THE PEERIE CAMOMILLA.
THAT'S... YER TROOSERS NO TRUE!
36A
MACHOOLET?!
MACHOOLET'S NO DEID?
MACRAMMIE TELT US HE'D ACCIDENTALLY DROONED.
DOESNA LOOK DROONED TAE ME!
MACHOOLET? IT'S NAE POSSIBLE! WI MY AIN TWA HANS UM...
KEN, LIKE...
...FLU... FLUNG ME IN THE LOCH, EH NO?
WEEL DONE, LOON. GET IN ABOOT HIM!
36B

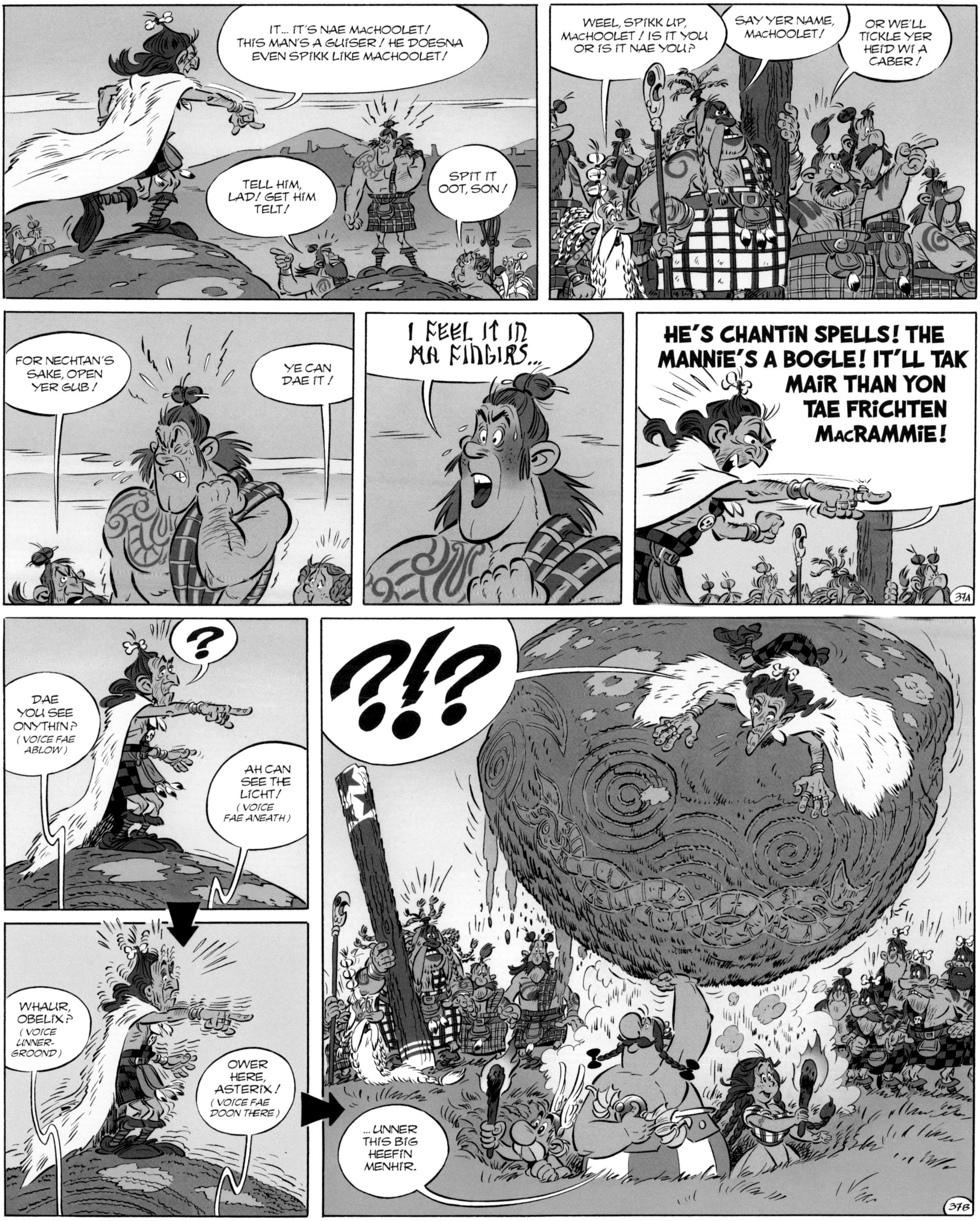
IT... IT'S NAE MACHOOLET! THIS MAN'S A GUISER! HE DOESNA EVEN SPIKK LIKE MACHOOLET!
TELL HIM, LAD! GET HIM TELT!
SPIT IT OOT, SON!
WEEL, SPIKK UP, MACHOOLET! IS IT YOU OR IS IT NAE YOU?
SAY YER NAME, MACHOOLET!
OR WE'LL TICKLE YER HEID WI A CABER!
FOR NECHTAN'S SAKE, OPEN YER GUB!
YE CAN DAE IT!
I FEEL IT IN MA FINGIRS...
HE'S CHANTIN SPELLS! THE MANNIE'S A BOGLE! IT'LL TAK MAIR THAN YON TAE FRICHTEN MacRAMMIE!
37A
?
DAE YOU SEE ONYTHIN? (VOICE FAE ABLOW)
AH CAN SEE THE LICHT! (VOICE FAE ANEATH)
WHAUR, OBELIX? (VOICE UNNER-GROOND)
OWER HERE, ASTERIX! (VOICE FAE DOON THERE)
?!?
...UNNER THIS BIG HEEFIN MENHIR.
37B

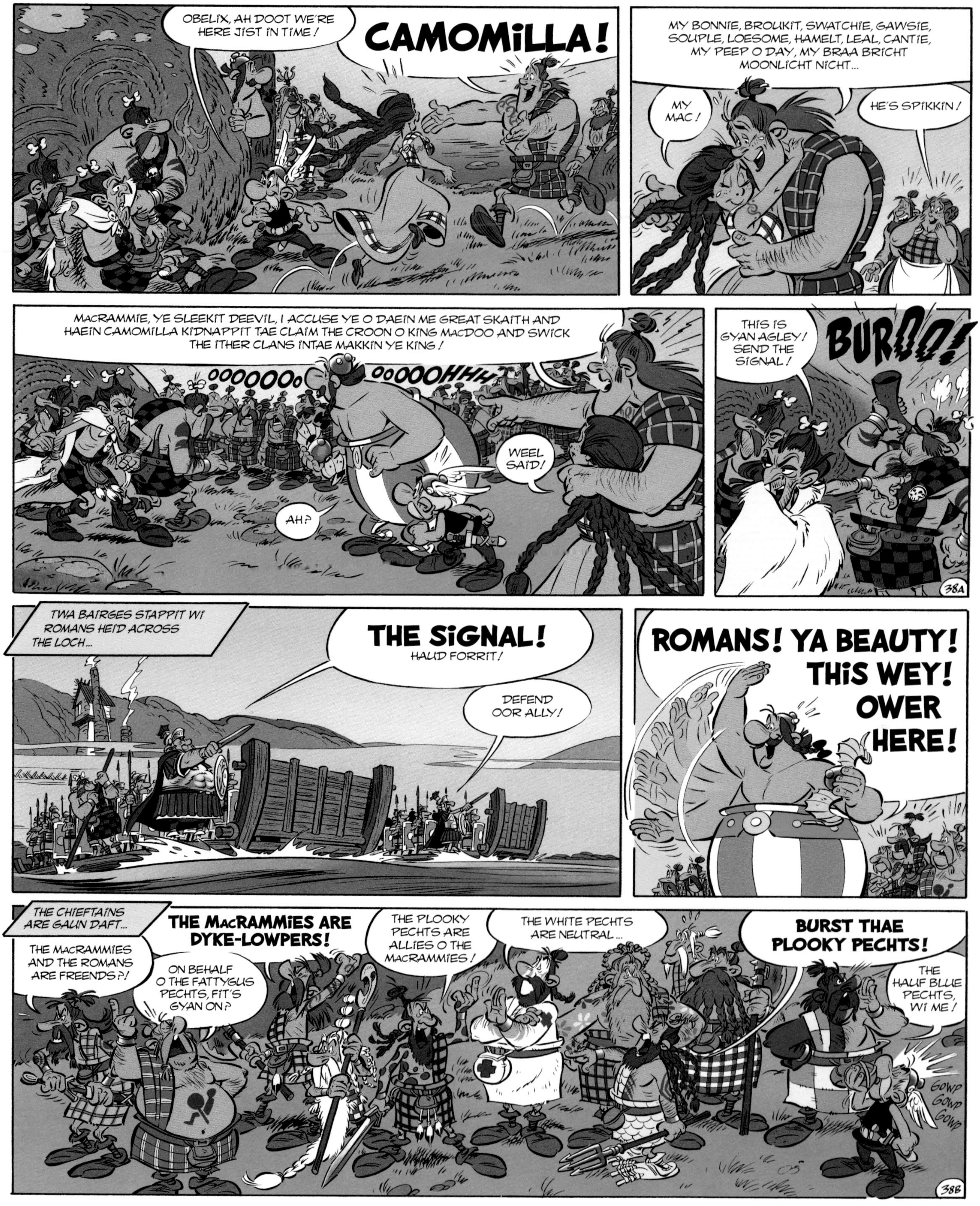
OBELIX, AH DOOT WE'RE HERE JIST IN TIME!
CAMOMILLA!
MY BONNIE, BROUKIT, SWATCHIE, GAWSIE, SOUPLE, LOESOME, HAMELT, LEAL, CANTIE, MY PEEP O DAY, MY BRAA BRICHT MOONLICHT NICHT...
MY MAC!
HE'S SPIKKIN!
MACRAMMIE, YE SLEEKIT DEEVIL, I ACCUSE YE O DAEIN ME GREAT SKAITH AND HAEIN CAMOMILLA KIDNAPPIT TAE CLAIM THE CROON O KING MACDOO AND SWICK THE ITHER CLANS INTAE MAKKIN YE KING!
OOOOOOO
OOOOOHHH
WEEL SAID!
AH?
THIS IS GYAN AGLEY! SEND THE SIGNAL!
BUROO!
38A
TWA BAIRGES STAPPIT WI ROMANS HEID ACROSS THE LOCH...
THE SIGNAL! HAUD FORRIT!
DEFEND OOR ALLY!
ROMANS! YA BEAUTY! THIS WEY! OWER HERE!
THE CHIEFTAINS ARE GAUN DAFT...
THE MACRAMMIES AND THE ROMANS ARE FREENDS?!
THE MACRAMMIES ARE DYKE-LOWPERS!
ON BEHALF O THE FATTYGUS PECHTS, FIT'S GYAN ON?
THE PLOOKY PECHTS ARE ALLIES O THE MACRAMMIES!
THE WHITE PECHTS ARE NEUTRAL...
BURST THAE PLOOKY PECHTS!
THE HAUF BLUE PECHTS, WI ME!
GOWP GOWP GOWP
38B

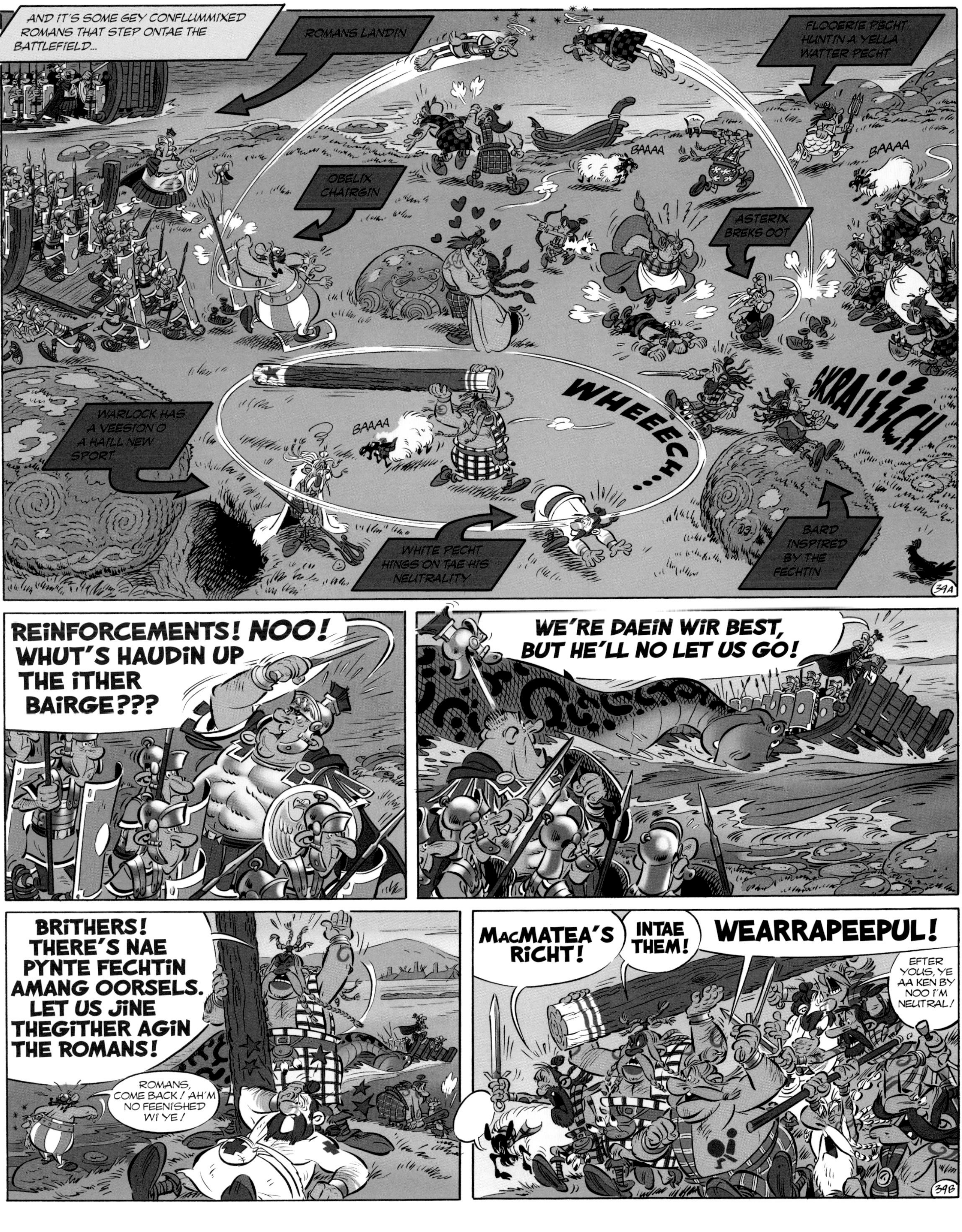
AND IT'S SOME GEY CONFLUMMIXED ROMANS THAT STEP ONTAE THE BATTLEFIELD...
ROMANS LANDIN
FLOOERIE PECHT HUNTIN A YELLA WATTER PECHT
BAAAA
BAAAA
OBELIX CHAIRGIN
ASTERIX BREKS OOT
WARLOCK HAS A VEESION O A HAILL NEW SPORT
BAAAA
WHEEEECH...
SKRAIIICH
WHITE PECHT HINGS ON TAE HIS NEUTRALITY
BARD INSPIRED BY THE FECHTIN
REINFORCEMENTS! NOO! WHUT'S HAUDIN UP THE ITHER BAIRGE???
WE'RE DAEIN WIR BEST, BUT HE'LL NO LET US GO!
BRITHERS! THERE'S NAE PYNTE FECHTIN AMANG OORSELS. LET US JINE THEGITHER AGIN THE ROMANS!
ROMANS, COME BACK! AH'M NO FEENISHED WI YE!
MacMATEA'S RICHT!
INTAE THEM!
WEARRAPEEPUL!
EFTER YOUS, YE AA KEN BY NOO I'M NEUTRAL!

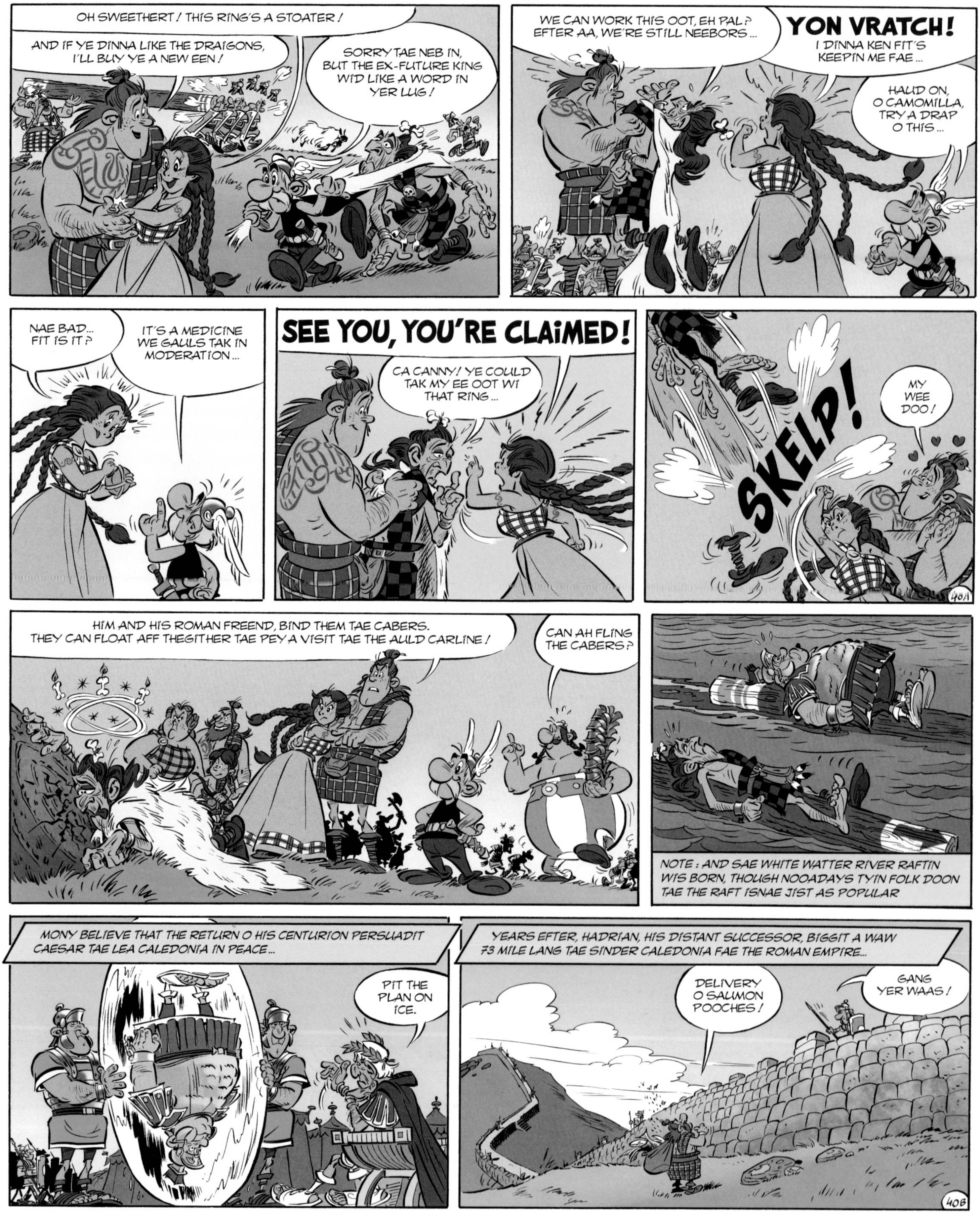
OH SWEETHERT ! THIS RING'S A STOATER !
AND IF YE DINNA LIKE THE DRAIGONS, I'LL BUY YE A NEW EEN !
SORRY TAE NEB IN, BUT THE EX-FUTURE KING WID LIKE A WORD IN YER LUG !
WE CAN WORK THIS OOT, EH PAL ? EFTER AA, WE'RE STILL NEEBORS ...
YON VRATCH !
I DINNA KEN FIT'S KEEPIN ME FAE ...
HAUD ON, O CAMOMILLA, TRY A DRAP O THIS ...
NAE BAD... FIT IS IT ?
IT'S A MEDICINE WE GAULS TAK IN MODERATION ...
SEE YOU, YOU'RE CLAIMED !
CA CANNY ! YE COULD TAK MY EE OOT WI THAT RING ...
SKELP !
MY WEE DOO !
HIM AND HIS ROMAN FREEND, BIND THEM TAE CABERS. THEY CAN FLOAT AFF THEGITHER TAE PEY A VISIT TAE THE AULD CARLINE !
CAN AH FLING THE CABERS ?
NOTE : AND SAE WHITE WATTER RIVER RAFTIN WIS BORN, THOUGH NOOADAYS TYIN FOLK DOON TAE THE RAFT ISNAE JIST AS POPULAR
MONY BELIEVE THAT THE RETURN O HIS CENTURION PERSUADIT CAESAR TAE LEA CALEDONIA IN PEACE...
PIT THE PLAN ON ICE.
YEARS EFTER, HADRIAN, HIS DISTANT SUCCESSOR, BIGGIT A WAW 73 MILE LANG TAE SINDER CALEDONIA FAE THE ROMAN EMPIRE...
DELIVERY O SAUMON POOCHES !
GANG YER WAAS !

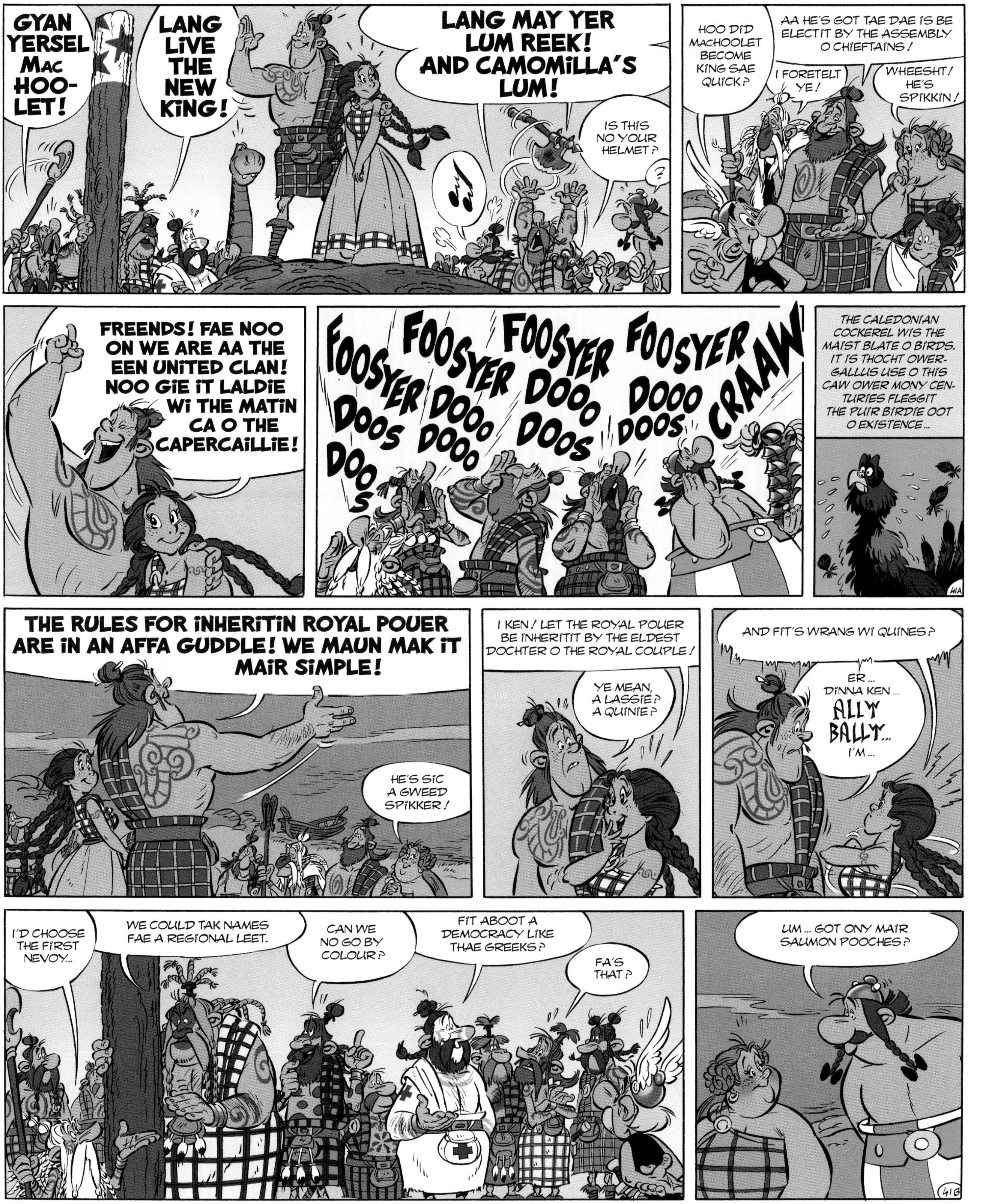
GYAN YERSEL MAC HOO-LET!
LANG LIVE THE NEW KING!
LANG MAY YER LUM REEK! AND CAMOMILLA'S LUM!
IS THIS NO YOUR HELMET?
?
HOO DID MACHOOLET BECOME KING SAE QUICK?
AA HE'S GOT TAE DAE IS BE ELECTIT BY THE ASSEMBLY O CHIEFTAINS!
I FORETELT YE!
WHEESHT! HE'S SPIKKIN!
FREENDS! FAE NOO ON WE ARE AA THE EEN UNITED CLAN! NOO GIE IT LALDIE WI THE MATIN CA O THE CAPERCAILLIE!
FOOSYER DOOS DOOS
FOOSYER DOOO DOOO
FOOSYER DOOO DOOS
FOOSYER DOOO DOOS
CRAAW
THE CALEDONIAN COCKEREL WIS THE MAIST BLATE O BIRDS. IT IS THOCHT OWER-GALLUS USE O THIS CAW OWER MONY CENTURIES FLEGGIT THE PUIR BIRDIE OOT O EXISTENCE...
THE RULES FOR INHERITIN ROYAL POUER ARE IN AN AFFA GUDDLE! WE MAUN MAK IT MAIR SIMPLE!
HE'S SIC A GWEED SPIKKER!
I KEN! LET THE ROYAL POUER BE INHERITIT BY THE ELDEST DOCHTER O THE ROYAL COUPLE!
YE MEAN, A LASSIE? A QUINIE?
AND FIT'S WRANG WI QUINES?
ER... DINNA KEN... ALLY BALLY... I'M...
I'D CHOOSE THE FIRST NEVOY...
WE COULD TAK NAMES FAE A REGIONAL LEET.
CAN WE NO GO BY COLOUR?
FIT ABOOT A DEMOCRACY LIKE THAE GREEKS?
FA'S THAT?
UM... GOT ONY MAIR SAUMON POOCHES?

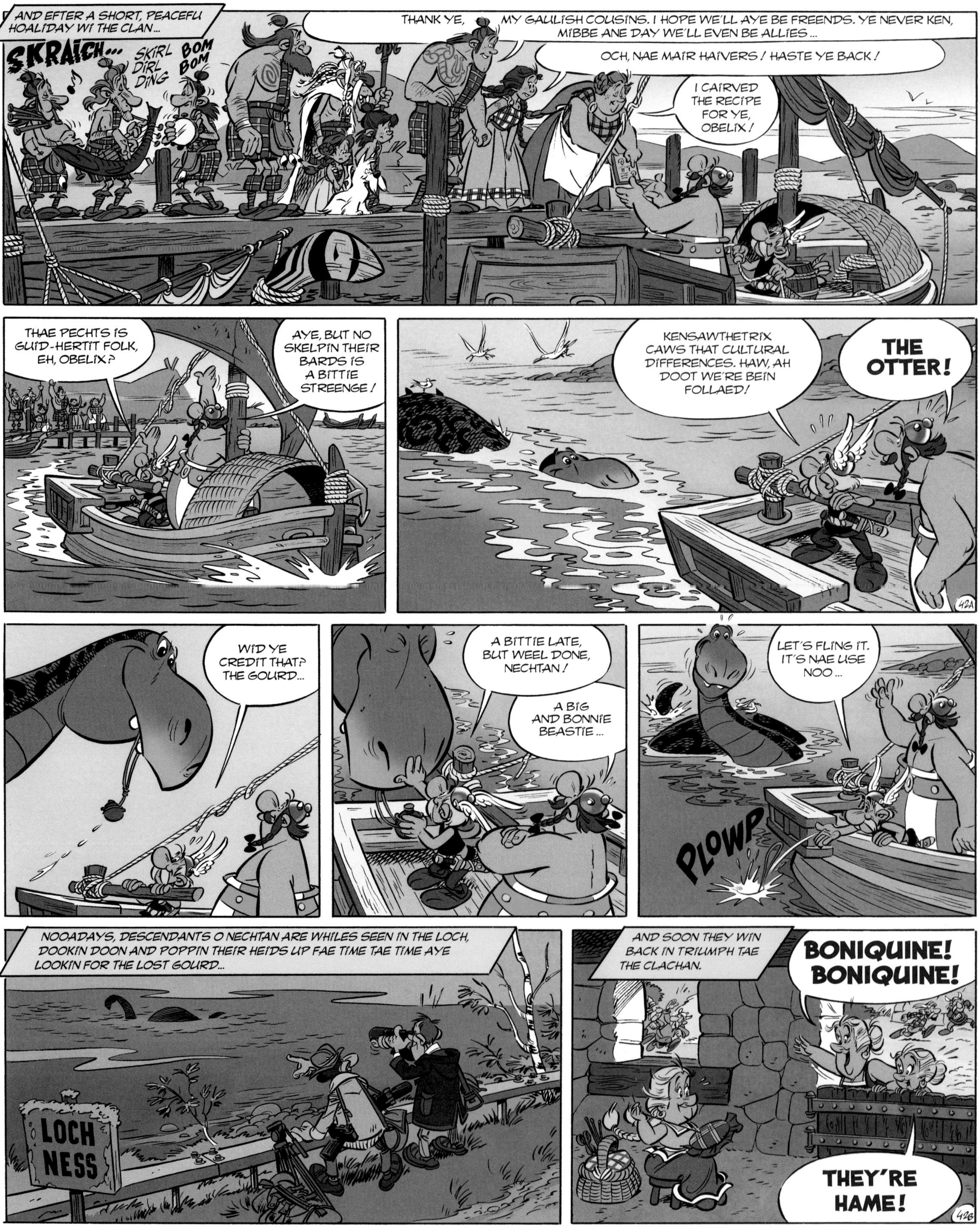

AND EFTER A SHORT, PEACEFU HOALIDAY WI THE CLAN...
SKRAICH...
SKIRL DIRL DING
BOM BOM
THANK YE, MY GAULISH COUSINS. I HOPE WE'LL AYE BE FREENDS. YE NEVER KEN, MIBBE ANE DAY WE'LL EVEN BE ALLIES ...
OCH, NAE MAIR HAIVERS ! HASTE YE BACK !
I CAIRVED THE RECIPE FOR YE, OBELIX !
THAE PECHTS IS GUID-HERTIT FOLK, EH, OBELIX?
AYE, BUT NO SKELPIN THEIR BARDS IS A BITTIE STREENGE !
KENSAWTHETRIX CAWS THAT CULTURAL DIFFERENCES. HAW, AH DOOT WE'RE BEIN FOLLAED!
THE OTTER!
42A
WID YE CREDIT THAT? THE GOURD...
A BITTIE LATE, BUT WEEL DONE, NECHTAN !
A BIG AND BONNIE BEASTIE ...
LET'S FLING IT. IT'S NAE USE NOO ...
PLOWP
NOOADAYS, DESCENDANTS O NECHTAN ARE WHILES SEEN IN THE LOCH, DOOKIN DOON AND POPPIN THEIR HEIDS UP FAE TIME TAE TIME AYE LOOKIN FOR THE LOST GOURD...
LOCH NESS
AND SOON THEY WIN BACK IN TRIUMPH TAE THE CLACHAN.
BONIQUINE! BONIQUINE!
THEY'RE HAME!
42B

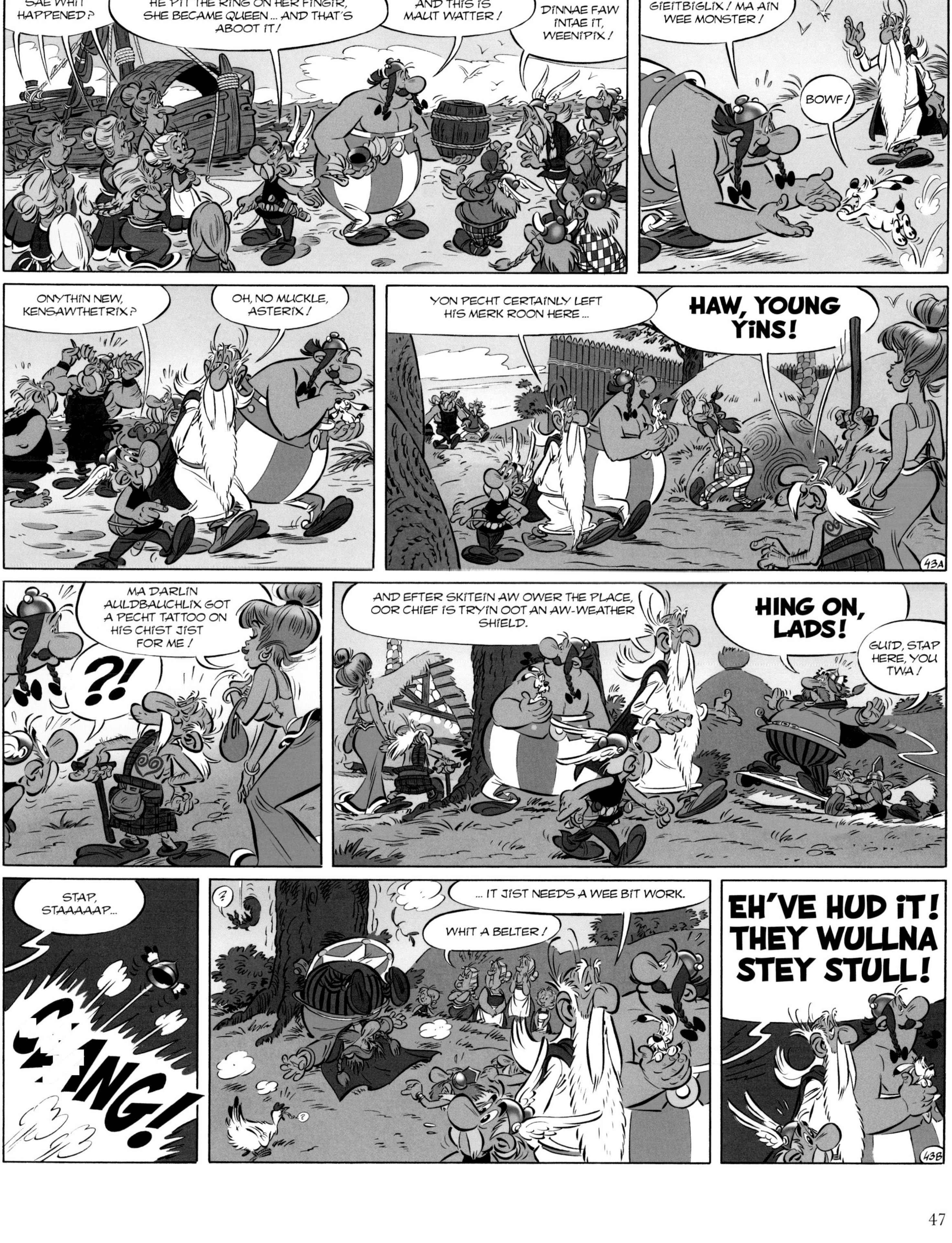
SAE WHIT HAPPENED?
HE PIT THE RING ON HER FINGIR, SHE BECAME QUEEN... AND THAT'S ABOOT IT!
AND THIS IS MAUT WATTER!
DINNAE FAW INTAE IT, WEENIPIX!
GIEITBIGLIX! MA AIN WEE MONSTER!
BOWF!
ONYTHIN NEW, KENSAWTHETRIX?
OH, NO MUCKLE, ASTERIX!
YON PECHT CERTAINLY LEFT HIS MERK ROON HERE...
HAW, YOUNG YINS!
43A
MA DARLIN AULDBAUCHLIX GOT A PECHT TATTOO ON HIS CHIST JIST FOR ME!
?!
AND EFTER SKITEIN AW OWER THE PLACE, OOR CHIEF IS TRYIN OOT AN AW-WEATHER SHIELD.
HING ON, LADS!
GUID, STAP HERE, YOU TWA!
STAP, STAAAAAAP...
?
... IT JIST NEEDS A WEE BIT WORK.
WHIT A BELTER!
?
EH'VE HUD IT! THEY WULLNA STEY STULL!
43B

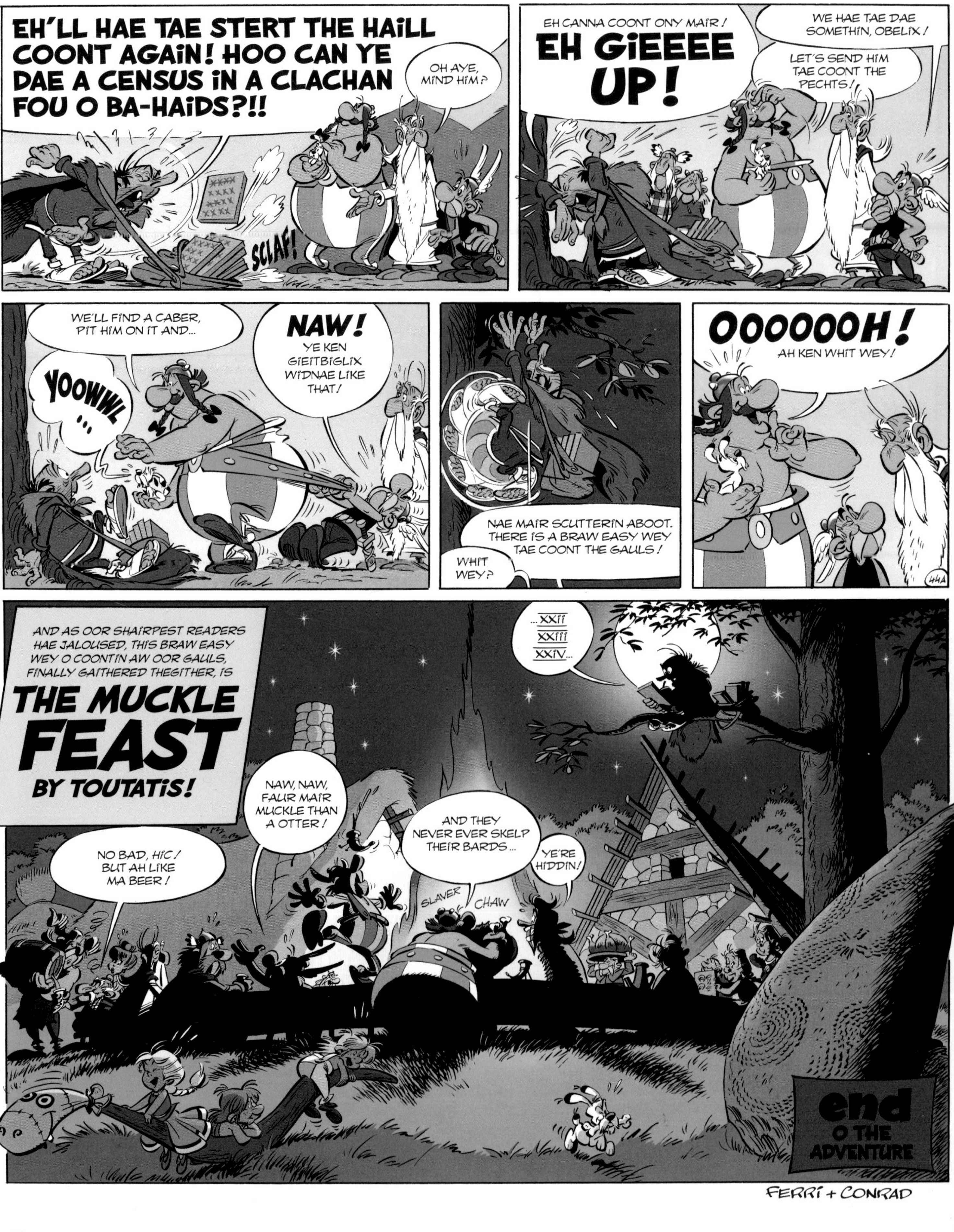
EH'LL HAE TAE STERT THE HAILL COONT AGAIN! HOO CAN YE DAE A CENSUS IN A CLACHAN FOU O BA-HAIDS?!!
OH AYE, MIND HIM?
SCLAF!
EH CANNA COONT ONY MAIR!
EH GIEEEE UP!
WE HAE TAE DAE SOMETHIN, OBELIX!
LET'S SEND HIM TAE COONT THE PECHTS!
WE'LL FIND A CABER, PIT HIM ON IT AND...
YOOWWL
...
NAW!
YE KEN GIEITBIGLIX WIDNAE LIKE THAT!
NAE MAIR SCUTTERIN ABOOT. THERE IS A BRAW EASY WEY TAE COONT THE GAULS!
WHIT WEY?
OOOOOOH!
AH KEN WHIT WEY!
44A
AND AS OOR SHAIRPEST READERS HAE JALOUSED, THIS BRAW EASY WEY O COONTIN AW OOR GAULS, FINALLY GAITHERED THEGITHER, IS
THE MUCKLE FEAST
BY TOUTATIS!
...XXII
XXIII
XXIV...
NAW, NAW, FAUR MAIR MUCKLE THAN A OTTER!
NO BAD, HIC! BUT AH LIKE MA BEER!
AND THEY NEVER EVER SKELP THEIR BARDS...
YE'RE HIDDIN!
SLAVER
CHAW
end
O THE ADVENTURE

FERRI + CONRAD